중학교 소설
나만 따라와

국어 교과서 총 9종,
한 권으로 특급 정리

중학교 소설

신승미 지음

나만
따라와

어떤 소설을 읽어도 해석할 수 있는 읽기 근력 수업

읽기 근력이 귀지는 소설 수업

소설은 재미있습니다. 국어책에 있는 다양한 읽을거리 중 가장 쉽고 흥미로운 부분이지요. 학교에서뿐 아니라 집에서도 소설을 찾아 읽을 만큼 소설을 읽는 즐거움은 큽니다. 소설을 읽을 때면 주인공들의 이야기를 따라가며 아주 먼 과거의 이야기와 신비하고 낯선 모험을 겪게 됩니다. 그 여정 속에서 때로는 가슴을 두근거리기도 하고, 슬픔과 감동을 느끼기도 하죠.

그런데 재미를 넘어 소설을 더 깊이 있게 읽는 방법이 있을까요? 그것은 바로 소설의 기본 구조를 익히고 소설이라는 글의 특징을 이해하는 것입니다.

중학교 국어 교과서의 '성취 기준' 중 문학 영역의 학습 목표는 총 10가지입니다. 이 중 소설에 해당하는 것은 6가지나 되지요. 이 책은 갈등, 시점, 소설의 사회·문화적 배경, 개성적인 발상과 표현, 소설을 읽으며 삶을 성찰하는 태도, 과거의 소설을 오늘에 비춰 감상해 보기 등 중학교 국어 교과서의 6가지 성취 기준과 함께 소설을 더 깊이 읽을 수 있는 키워드를 소개하고 있습니다.

'소설 속에서 진눈깨비가 흩날리거나 태풍이 부는 것은 어떤 의미가 있을까?', '등장인물이 비속어나 사투리를 쓰는 것은 소설가가 어떤 인물을 표현하려고 한 것일까?', '왜 소설가들은 이야기를 시간의 순서에 따라 쓰지 않고 이리저리 섞어서 서술하는 걸까?', '소설 속의 아침과 밤, 봄과 겨울은 특별한 의미가 있을까?' 등등. 이러한 궁금증을 안고 소설을 읽으면 소설 속에 꼭꼭 숨어 있는 의미와 맥락이 잘 보이게 되고, 자신도 모르게 소설을 읽는 눈을 키울 수 있을 것입니다.

이 책은 현재 쓰이고 있는 '총 9종의 중학교 국어 교과서' 속 1학년부터 3학년까지의 소설 작품을 고루 뽑아서 다루었습니다. 또한 성취 기준 외의 소설의 구성 요소들도 다루었는데, 이때는 교과서 밖의 작품들도 소개했습니다. 이 책을 다 읽고 나면 여러분은 앞으로 수업 시간이나 시험에서 어떤 새로운 이야기, 낯설 소설을 만나더라도 당황하지 않고 작품을 분석하고 이해할 수 있을 겁니다. 모쪼록 앞으로 읽게 될 수많은 아름다운 소설 앞에서 이 책이 길잡이가 되기를 바랍니다.

들어가며

차 례

들어가며 _ 읽기 근력이 커지는 소설 수업   004

1장
할까 말까
고민하는 게 소설이지 - 갈등   011

현덕 〈나비를 잡는 아버지〉
현덕 〈하늘은 맑건만〉

2장
자란다는 건
놀랍고 어려운 일이야 - 성장   029

구병모 〈헤살〉
유은실 〈보리 방구 조수택〉
김옥 〈야, 춘기야〉
손원평 《아몬드》

3장
우리 아파트가
소설에 나온다고? - 공간적 배경   039

박완서 〈옥상의 민들레꽃〉
오정희 〈소음공해〉
이효석 〈메밀꽃 필 무렵〉
전성태 〈소를 줍다〉

4장 겨울과 봄,
그리고 아침과 밤 - 시간적 배경　　　053

전영택 〈화수분〉
현진건 〈운수 좋은 날〉
김유정 〈봄·봄〉
김영민 《오즈의 의류 수거함》

5장 전지적
참견 시점 - 시점　　　065

주요섭 〈사랑 손님과 어머니〉
김유정 〈동백꽃〉
성석제 〈내가 그린 히말라야시다 그림〉

6장 그때
우리는 - 사회·문화적 상황　　　081

박태원 〈영수증〉
현덕 〈나비를 잡는 아버지〉
하근찬 〈수난 이대〉

7장 **욕을 마구 써도 된다고?** - 비속어와 사투리   097

현진건 〈운수 좋은 날〉
이범선 〈표구된 휴지〉

8장 **어쩐지 무슨 일이 일어날 것 같더라** - 복선   107

황순원 〈소나기〉
윤흥길 〈기억 속의 들꽃〉
박완서 〈자전거 도둑〉
현진건 〈운수 좋은 날〉

9장 **넌 자꾸 성격이 변하는구나** - 성격   123

황순원 〈학〉
이오덕 〈꿩〉

10장 **네 정체를 밝혀라** - 인물 묘사   133

김시습 《금오신화》 중 〈이생규장전〉
채만식 〈이상한 선생님〉

11장 왜 그렇게
배치하는데? - 구성   145

박완서 〈그 여자네 집〉
양귀자 《원미동 사람들》
전광용 〈꺼삐딴 리〉

12장 아름다움이 내게
말을 걸어올 때 - 심미적 체험   161

양귀자 《길모퉁이에서 만난 사람》
김해원 〈봄이 온다〉

13장 반대로 말하면
약오르지? - 반어와 풍자   171

박지원 〈양반전〉
전광용 〈꺼삐딴 리〉
전영택 〈화수분〉
채만식 〈태평천하〉

* * * * *

할까 말까
고민하는 게 소설이지

갈등

현덕 – 〈나비를 잡는 아버지〉,
현덕 – 〈하늘은 맑건만〉

혹시 오늘 학교에서 친구랑 다투지는 않았나요? 아니면 최근에 부모님께 혼나거나 부모님과 말다툼을 한 적은 없었나요? 가기 싫은 학원을 부모님께서 억지로 보내려고 하신다거나, 내가 원하는 장래 희망은 유튜버나 축구선수인데 부모님은 자꾸 다른 길로 가라고 반대를 하신다거나 하는 일들로 말이에요.

우리는 자주 집이나 학교에서 친구와 형제, 아니면 부모님과 갈등을 겪곤 해요. 그 갈등은 대부분 정말 사소한 오해나 섭섭한 마음에서부터 시작되는 경우가 많지요. 그런데 이상하게도 처음에는 아무것도 아니었던 갈등이 시간이 지날수록 눈덩이처럼 커져요. 나중에는 걷잡을 수 없는 큰 갈등으로 번져 나가 후회해도 돌이킬 수 없는 지경에 이르기도 하고요.

소설 속 인물의 삶도 이런 점에서 우리의 삶과 아주 비슷하답니다. 소설의 주인공들도 갈등을 겪고, 그 갈등이 점점

할까 말까 고민하는 게 소설이지

커지다가 소설의 결말 부분에 이르러서야 해결되는 경우가
종종 있거든요.

갈등의 5단계

1단계	갈등의 실마리가 나타난다
2단계	갈등이 본격적으로 시작된다
3단계	갈등이 점점 커진다
4단계	갈등이 최고조에 달한다
5단계	갈등이 해소된다

아버지는 왜 '나비'를 잡았을까

초등학교 때 읽은 소설 〈나비를 잡는 아버지〉 기억나나요? 이
소설은 1930년대 일제 강점기를 배경으로 한 이야기였어요.

처음에는 바우와 경환이가 나비 때문에 사소한 다툼을 벌였어요. 그런데 사건이 점점 커져 나중에는 경환이가 바우네 소를 돌로 때리고, 참외밭을 구두 신은 발로 망쳐 놓기까지 하죠.

여러분이 보기에는 누가 잘못한 것 같은가요? 아무리 화가 나도 소를 돌로 때리고, 부모님께서 힘들게 농사지으신 참외밭까지 밟은 건 너무하지 않았나요?

그런데 문제는 경환이가 아니라 바우가 혼이 났다는 거예요. 심지어 바우의 아버지도 경환이네 집에 불려 가게 되고요. 아이들 싸움이 어른들 사이의 갈등으로까지 번지게 된 거죠. 그럼 왜 그런 일이 벌어졌을까요?

바우의 아버지는 소작농이고, 경환이의 아버지는 마름이었기 때문이에요. 아마 경환이의 아버지는 바우의 아버지에게 앞으로 땅을 빌려주지도 않고 농사도 못 짓게 할 거라고 협박도 했을 거예요.

"이때껏 나가서 뭘 했어? 인마, 간 봄에 늙은 아비가 땅 얻어 부치느라고 갖은 애를 다 쓰던 것을 네 눈으로도 보았지? 가뜩한데 너까지 말썽일 게 뭐냐, 어서 가서 빌지 못하겠어?"

하지만 바우는 자기 편을 들어주지는 못할망정 오히려 경환이네 집에 가서 빌라는 부모님 말씀이 너무 야속하고 화가 나요. 그래서 서울로 가서 혼자 돈 벌어 공부라도 할까 생각하며 집을 나섰어요. 요즘으로 따지면 가출을 결심한 거지요.

그런데 사실 바우도 아버지가 왜 그러시는지 마음속 깊은 곳에서는 이해하고 있었던 것 같아요. 자기가 미워서가 아니라 가족들이 먹고살려면 어쩔 수 없었다는 걸요. 그래서 집을 나선 바우의 눈에 멀리서 자기 대신 나비를 잡는 아버지의 모습이 보이자 정신없이 달려갔던 거겠지요. 사실 바우는 경환이보다 똑똑했는데 집안 형편 때문에 상급학교도 못 갔거든요. 그렇지만 그림도 잘 그리고 꿈도 있는 착한 아이였고요.

바우는 머리를 얻어맞은 듯 멍하니 아래를 바라보고 서 있다. 그러다가 갑자기 언덕 모래 비탈을 지르르 미끌어져 내려가며 그렇게 빠른 속력으로 지금까지 잠기어 있던 어두운 마음에서 벗어나, 그 아버지가 무척 불쌍하고 정답고 그리고 그 아버지를 위하여서는 어떠한 어려운 일이든 못할 것이 없을 것 같고……. 바우는 울음이 되어 터져 나오려는 마음을 가슴 가득히 참으며 언덕 아래 메밀밭을 향해 소리쳤다.

"아버지."

갈등

"아버지."

"아버지."

바우와 아버지의 갈등이 한순간에 해결되는 이 장면은 언제 봐도 정말 감동적이에요. 잘못하지도 않은 바우를 혼내야 했던 아버지의 속마음과 사랑을 깨닫는 바우의 모습이 "아버지"라는 외침 속에 모두 담겨 있잖아요.

갈등 위에서 꽃피는 이야기

소설의 갈등이 진행되는 과정에 무언가 흐름이 보이지 않나요? 처음에는 바우와 경환이 사이에 발생한 갈등으로 참외밭이 망가졌어요. 다음에는 참외밭을 지키지 못했다는 것 때문에 바우와 아버지 사이에 갈등이 생겼고요. 그런데 바우 부모님이 경환이네 부모님께 불려 가자 나비를 두고 벌였던 아이들 사이의 사소한 다툼이 어른들 사이의 갈등으로 번지게 돼요. 그리고 바우가 가출을 결심하고 집을 나서면서 갈등은 걷잡을 수 없게 되지요. 하지만 바우가 자신을 위해 불편한 몸을 이끌고 나비를 잡는 아버지를 발견하면서 모든 갈등이 한 순간에 해소되고 말아요.

갈등으로 보는 〈나비를 잡는 아버지〉

발단	바우와 경환이 사이에 갈등이 생긴다
전개	바우와 아버지 사이에 갈등이 생긴다
위기	어른들 사이에 갈등이 생긴다
절정	바우가 가출한다
결말	바우가 나비를 잡는 아버지를 발견한다

이러한 갈등의 흐름에 따라 소설의 이야기는 **발단-전개-위기-절정-결말**의 구성 단계를 거치는 거예요. 발단에서는 갈등이 시작되고 전개, 위기, 절정으로 가면서 갈등이 점점 커지다가 결말에서는 갈등이 해소되는 거지요. 대부분의 소설이 이런 흐름에 따라 이야기를 진행하고 있답니다. 물론 별다른 갈

등이 없거나 드러나지 않는 소설도 당연히 있지만 말이에요.

소설에서 갈등이 왜 중요할까

그럼 갈등의 정확한 뜻은 무엇일까요?

갈등이란 '칡'을 뜻하는 갈(葛)과 '등나무'를 뜻하는 등(藤)이 합쳐져 이루어진 말이에요. 칡은 오른쪽, 등나무는 왼쪽으로 두 나무가 각기 다른 방향으로 휘감으며 자라기 때문에 두 나무가 한데 얽히면 풀 수 없을 정도로 일이 꼬인다는 뜻이지요. 소설 속에서 갈등도 그렇잖아요. 어떤 사건에 대해 인물들 사이의 태도와 입장이 달라 대립되니 충돌, 즉 갈등이 생기는 거잖아요. 그렇다면 또 하나의 질문이 떠오릅니다. 갈등은 인물과 인물 사이에서만 생길까요?

예를 들어 학원에 가야 하는데 게임을 하고 싶거나 놀고 싶어요. 이럴 때, 학원에 갈까 게임을 할까 마음속으로 고민하는 것도 갈등이에요. 이것을 소설에서는 인물의 **내적 갈등**이라고 해요.

바우와 아버지처럼 '인물과 인물 사이에 일어나는 갈등'인

외적 갈등에는 인물이 자기 운명의 테두리에서 벗어나지 못할 때 나타나는 '인물과 운명의 갈등'도 있고, 인물이 거대한 자연환경과 부딪쳐 싸우면서 겪는 '인물과 자연의 갈등'도 있어요.

그럼 소설가들이 소설 속에서 갈등을 사용하는 이유는 무엇일까요? 바로 갈등이 있어야 앞뒤 사건이 전개되기 때문이에요. 소설 속에서는 앞에서 일어난 갈등이 다음 사건을 일으키는 갈등의 이유가 되며 이로써 소설 속 이야기가 진행되거든요. 경환이와 바우의 갈등 때문에 바우와 아버지의 갈등이 생기고, 또 바우 아버지와 경환이 아버지의 갈등이 생기는 것처럼 말이에요.

또 갈등은 독자의 흥미를 끌고, 소설가가 말하고 싶은 이야기인 주제를 분명하게 전달하는 역할도 해요. 〈나비를 잡는 아버지〉 속의 갈등에는 아들을 혼낸 궁극적인 이유가, 결국 사랑하는 가족과 아들을 지키기 위한 아버지의 마음이라는 주제가 분명하게 나타나 있어요.

인물 간의 갈등은 등장인물의 생각과 가치관을 나타내기도 해요. 경환이는 아름다운 나비를 잡아서 동물 표본용으로 쓰려고 하지만, 바우는 자신이 좋아하는 그림을 그리기 위해서일 뿐 나비에 대해 욕심 내지는 않잖아요. 두 사람은 자연

갈등

과 생명을 대하는 태도가 아주 달라요. 한 사람은 생명을 망가트려 소유하려고 하고 다른 한 사람은 생명의 소중함을 알고 아름다움을 즐기려고 하지요. 이렇게 사물을 대하는 생각과 가치관이 다르니 갈등이 생기는 거예요. 일상생활 속에서 갈등을 겪었던 순간을 가만히 생각해 보세요. 친구들과 생각이나 가치관이 달라서 갈등이 생기는 경우가 많지 않았나요?

갈등을 통해 '성장'하는 주인공

이번에는 현덕의 〈하늘은 맑건만〉이라는 소설을 볼까요? 중학교 1학년 국어 교과서에 나오는 작품이랍니다. 이 소설은 1930년대를 배경으로, 양심의 가책과 나쁜 친구의 유혹 사이에서 괴로워하는 한 소년의 이야기를 그려 내고 있어요. 혹시 여러분에게는 이와 비슷한 경험이 없었나요?

어머니를 일찍 여의고 삼촌네 집에서 생활하고 있는 문기는 어느 날 숙모의 심부름으로 고기를 사러 갔다가 거스름돈을 너무 많이 받게 돼요. 그런데 수만이라는 친구가 그 사실을 알게 되고, 문기에게 그 돈으로 이것저것 사자고 하는 거

할까 말까 고민하는 게 소설이지

예요. 처음에는 문기도 신나서 쌍안경이며 축구공 같은 것을 샀어요. 그런데 시간이 지날수록 이 일들이 양심에 찔리는 거예요. 그래서 결국 거스름돈으로 산 물건을 버리고 남은 돈은 고깃간 안마당에 던져 놓고 와요. 그런데 이 이야기를 들은 수만이는 문기가 거짓말을 한다고 생각하고, 남은 돈을 같이 쓰지 않으면 다른 사람들에게 비밀을 털어놓겠다며 문기를 협박해요. 이때 어른들에게 솔직히 자신의 잘못을 이야기

갈등으로 보는 〈하늘은 맑건만〉

발단 문기가 고깃간에서 너무 많은 돈을 받아 갈등이 생긴다

↓

전개 문기와 수만이 사이에 외적 갈등이 생긴다

↓

위기 문기가 수만이와의 갈등을 해결하려다 점순이가 누명을 쓰게 되어 내적 갈등으로 괴로워한다

↓

절정 담임선생님에게 자신의 죄를 고백하려다 못 해서 문기의 내적 갈등(괴로움)이 더 커진다

↓

결말 문기가 자신의 죄를 고백하고 내적 갈등에서 벗어난다

갈등

하고 용서를 받았으면 얼마나 좋았겠어요. 그런데 문기는 마음속으로 혼자 끙끙 앓다가 결국 숙모의 돈을 훔쳐 수만이에게 주는 잘못된 선택을 하고 말아요. 이 일로 집에서 일하는 점순이라는 아이만 억울한 누명을 쓰고 쫓겨나게 되고요. 결국 문기는 죄책감에 못 이겨 선생님께 모든 일을 말씀드리러 가다가 교통사고를 당하고 말아요. 그리고 병실에서 깨어난 뒤 삼촌에게 모든 일을 자백하면서 모든 갈등이 해소되는 이야기지요.

이 소설에 나타나는 갈등은 뭘까요? 먼저 문기와 수만이 사이의 갈등이 있겠지요.

컴컴한 처마 밑에서 수만이가 튀어나오며 반긴다.

"지금 느이 집에 다녀오는 길이다."

그리고 문기 어깨에 팔 하나를 걸고 행길을 향해 돌아서며,

"어서 가자."

약조한 환등 틀을 사러 가자는 것이다. (중략)

문기는 생각 없이 몇 걸음 끌려가다가는 갑자기 그 팔을 쳐 내리며 물러선다.

"난 싫다."

수만이는 어리둥절해 쳐다본다.

"뭐 말야? 환등 틀 사기 싫단 말야?"

"난 인제 돈 가진 것 없다."

"뭐?"

하고 수만이는 의외라는 듯 눈이 둥그레지다가는 금세 능청스러운
웃음을 지으며

"너 혼자 두고 쓰잔 말이지? 그러지 말구 어서 가자."

"정말 없어. 지금 고깃간 집 안마당으로 던져 주고 오는 길야. 공두 쌍
안경두 버리구."

양심에 어긋나는 일을 해서는 안 되고 정직하게 살아야 한
다는 문기의 가치관과 자신의 이익과 즐거움을 위해서는 정
직함을 버려도 상관없다고 생각하는 수만이의 가치관이 대
립하면서 나타나는 외적 갈등이에요. 이 소설은 이렇게 성격
이 대조적인 두 인물을 등장시켜 갈등을 심화하면서 양심을
지키며 사는 삶의 중요성을 이야기하고 있어요.

그리고 문기가 성장하는 과정에서 겪는 내적 갈등도 나타
나 있어요.

숙모는,

"학교서 지금 오는 애가 알겠니. 참, 점순이 고년 앙큼헌 년이드라. 낮

에 내가 뒤꼍에서 화초 모종을 내고 있는데 집을 간다고 나가더니 글
쎄, 돈을 집어 갔구나."

문기는 잠잠히 듣기만 한다. 그러나 속으로는 갚으면 고만이지 소리
를 또 한 번 외어 본다.

그날 밤이었다. 아랫방 들창 밑에서 훌쩍훌쩍 우는 어린아이 울음소
리가 났다. 아랫집 심부름하는 아이 점순이 음성이었다. 숙모가 직접
그 집에 가서 무슨 말을 한 것은 아니로되 자연 그 말이 한 입 건너 두
입 건너 그 집에까지 들어갔고, 그리고 그 집 주인 여자는 점순이를
때려 쫓아낸 것이다. 먼저는 동네 아이들이 모여 지껄지껄하더니 차
차 하나 가고 둘 가고 훌쩍훌쩍 우는 그 소리만 남는다. 방 안의 문기
는 그 밤을 뜬눈으로 새웠다.

수만이와 갈등을 겪던 문기는 그 갈등을 해결하기 위해 숙
모의 돈을 훔쳐 수만이한테 주잖아요. 하지만 외적 갈등은 해
결되었을지 몰라도 문기의 내적 갈등은 더 깊어지는 거예요.
그것은 바로 잘못을 했다는 죄책감과 자기 잘못이 드러날까
봐 두려워 말하지 못하는 마음 사이에서 나타난 내적 갈등이
지요. 이 과정을 겪으며 문기는 성장하고, 결국 모든 잘못을
털어놓으면서 갈등도 전부 해소되었어요.

이처럼 〈하늘은 맑건만〉이라는 소설은 인물 사이의 외적

할까 말까 고민하는 게 소설이지

갈등과 내적 갈등이 잘 어우러진 소설이라고 할 수 있어요.

우리 주변에서 발생하는 갈등을 좀더 확대해 보면 빈부 격차, 입시 갈등, 다문화 갈등, 로봇 사용 문제 등 다양한 문제가 존재하고 있어요. 소설가들은 이런 것들을 소설로 쓰고요. 때로는 신문 기사에 나온 갈등이 소설의 소재나 주제가 되기도 해요. 여러분도 많이 읽어 봤을 《완득이》도 신문 기사에 자주 등장하는 다문화 사회의 문제와 갈등을 다룬 작품이에요. 게다가 요즘은 학교 폭력을 둘러싼 갈등도 드라마나 소설, 웹툰에서 많이 다루고 있어요.

이제 일상생활이나 사회생활을 하며 친구나 부모님, 다른 사람들과 갈등하게 될 때, 또는 마음속으로 혼자 갈등을 겪을 때 상황을 좀더 객관적으로 보도록 해보세요. 무엇 때문에 갈등이 발생한 건지, 갈등이 혹시 또 다른 갈등을 불러 지나치게 커지고 있지 않은지 말이에요. 그리고 갈등을 해결할 수 있는 방법이 무엇인지도 생각해 보세요. 모든 갈등은 시간이 지나면 해결될 수 있는 것이라는 믿음을 가지고 말이에요.

그리고 소설을 읽을 때, 드라마나 웹툰을 볼 때도 갈등의 진행 과정과 인물들 사이의 내적, 외적 갈등을 살펴보세요. '나라면 이런 상황에서 어떻게 했을까?', '작가가 이런 갈등 상황을 통해 이야기하고 싶은 주제는 무엇일까?' 같은 것들을

생각하면서요. 아마 작가의 의도가 훨씬 잘 보이고 이해도 더
잘될 거예요.

♡ 갈등이란

어떤 사건에 대한 인물들의 입장이나 태도가 서로 달라 대립하고 충돌을
일으키는 것

♡ 갈등의 종류

1) **내적 갈등**: 한 인물의 마음속에서 여러 가지 생각이 대립하며 일어나
   는 갈등

2) **외적 갈등**: 인물을 둘러싼 외부의 요소와 대립되는 입장이나 태도가
   원인이 되어 일어나는 갈등. 대립과 충돌로 생기는 갈등

   - 인물과 운명의 갈등: 인물이 자신의 능력으로 어쩔 수 없는
     운명에서 벗어나지 못해서 겪게 되는 갈등

   - 인물과 사회의 갈등: 인물이 자신이 속한 사회의 윤리나 제도와
     충돌해서 생기는 갈등

   - 인물과 자연의 갈등: 인물이 거대한 힘을 가진 자연과 싸우면서
     겪는 갈등

* * * * *

2
장

자란다는 건
놀랍고 어려운 일이야

성장

구병모 〈혜살〉, 유은실 〈보리 방구 조수택〉,
김옥 〈야, 춘기야〉, 손원평 《아몬드》

우리는 나무나 풀이 쑥쑥 자란 것을 보면서 '참 많이 자랐구나', '엄청 성장했네' 하는 말을 종종 해요. 특히 세찬 바람을 이겨 내고, 폭풍우를 맞기도 하고, 때로는 뿌리째 뽑혀 죽을 위기를 극복하면서 자라난 나무를 보면 '크느라고 참 애썼구나', '참 다행이야' 하는 생각도 하고요.

그럼 사람은 어떨까요? 어떨 때 참 많이 자라고, 성장했다는 말을 할까요? 보통은 겉으로 봐서 키가 크고 목소리도 달라졌을 때 우리는 '많이 컸다'라는 말을 쓰곤 해요. 하지만 사람의 성장은 나무와 꽃과는 다르게 육체뿐 아니라 정신적 성장도 포함하는 말이에요. 일상생활에서 겪는 다양한 갈등과 고민, 부모님과의 갈등, 친구와의 다툼, 꿈을 이루는 과정에서 겪는 어려움을 극복해 나가면서 우리는 키와 마음이 함께 성장하니까요.

이런 '성장' 과정을 담은 소설을 바로 성장소설이라고 한답니다. 성장소설이란, 말 그대로 어린 시절부터 소년기를 거쳐

자란다는 건 놀랍고 어려운 일이야

성인이 되는 과정에서 겪는 갈등을 통해 정신적으로 성장하고 자신을 둘러싼 사회에 대해서도 새롭게 깨닫게 되는 이야기를 담은 소설이랍니다.

성장소설

유년기에서 소년기를 거쳐 성인의 세계로 입문하는 한 인물이 겪는 내면적 갈등과 그에 따른 정신적 성장을 다루는 작품. 자신을 둘러싸고 있는 세계에 대한 각성 과정을 주로 담고 있다

첫사랑의 아픔

성장하면서 겪는 경험 중 첫사랑을 빼놓을 수 있을까요? 유치원생이든 초등학생이든 중학생이든 나이와 상관없이 첫사랑은 삶의 어느 순간에 갑자기 찾아오지요. 그래서 더 당황스럽고 아름다우며 설레는 기억이고요. 그런데 첫사랑이 이루어지지 못하고 가슴 아픈 이별로 끝났다면 그 상처는 더 오래도록 생생하게 남지 않을까요? 구병모의 〈헤살〉은 바로 이런 첫사랑의

경험을 통해 성장하는 한 소년의 이야기를 담고 있답니다.

황순원의 〈소나기〉라는 유명한 단편 소설을 알고 있나요? 〈소나기〉는 너무 유명해서 그 뒷이야기를 다양한 소설가가 상상해 썼답니다. 〈혜살〉도 이런 뒷이야기 중의 하나고요. 〈소나기〉의 마지막 장면에서 소년과 소녀가 가슴 아픈 이별을 했던 것 기억나나요? 소년과 소녀가 산에 올라갔다가 소나기를 만나고 온 후에 소녀가 갑자기 죽게 되잖아요. 당연히 소년은 충격으로 며칠을 앓아눕게 되었어요. 잠도 제대로 못 자고 학교에 가다가도 소녀가 앉아 있던 징검다리를 보면 건너지 못하고 그 자리에 주저앉곤 하고요. 그렇게 충격에서 벗어나지 못하던 소년은 어느 날 개울가에서 또 한 번의 소나기를 만나게 되지요. 이 두 번째 소나기를 맞고 다시 크게 앓아눕게 되고요. 그렇지만 이 소나기가 소년을 다시 일으켜 세우는 힘이 되었어요. 소년은 이제 소녀와의 추억이 서려 있는 모든 것을 떠나보낼 마음의 준비를 해요. 그리고 조약돌, 대추, 호두, 소녀를 업어 줄 때 입었던 자신의 윗저고리까지 물살에 띄워 보내지요. 그러고 나서야 비로소 소녀가 앉아 있던 징검다리를 건너, 다시 학교로 가면서 이야기가 끝이 나요.

견딜 수 없을 것만 같았던 슬픔과 고통을 이겨 내고 난 소년은 이제는 이전과는 다른 소년이라고 할 수 있어요. 바로

자란다는 건 놀랍고 어려운 일이야

아픔과 고통으로 성장한 거지요. 징검다리를 건너는 소년의 등 뒤에서 물결의 혜살(물을 젓거나 흐트러뜨리는 일) 젓는 소리가 다시 경쾌하게 들리는 것은 이제 소년이 소녀가 죽기 이전의 일상으로 돌아왔다는 의미예요.

사랑하는 사람과의 이별, 특히 첫사랑과의 이별은 어린 소년에게는 삶에서 처음 겪은 충격이었어요. 하지만 이렇게 마음속에 품었던 큰 고통과 슬픔을 극복할 때 우리는 한층 성장할 수 있어요.

이 소설을 읽으며 우리는 아무리 사랑하는 사람과도 언젠가는 이별해야 하는 것이 인간의 삶이라는, 어린 시절에는 알지 못했던 삶의 진리를 깨닫게 되지요. 그래서 성장소설을 읽으면 소설 속 주인공뿐 아니라 소설을 읽는 나도 같이 성장한다는 것을 느낄 수 있어요.

어른이 되어서야 알게 된 그 아이가 받은 상처

〈보리 방구 조수택〉은 1970년대 교실을 배경으로 한 이야기예요. 수택이는 집이 너무 가난해서 몸에 냄새가 나고 방귀를 자주 뀌어 '보리 방구(방귀의 방언)'라는 별명이 붙은 아이였어요. 도시락으로는 보리밥에 허연 깍두기만 싸 오고 집이 어려워 저녁마다 석간신문을 배달하고 있었고요. 그런데 어느 날 수택이와 짝이 된 '나'가 수택이에게 반찬을 나누어 주자 수택이는 고마움의 표시로 신문을 주기 시작했어요. 그런데 이 행동이 반 아이들의 놀림거리가 되고 말았어요. 예나 지금이나 여자아이가 어느 한 남자아이에게 잘해 주는 것은 다른 아이들의 놀림거리가 되기 딱 좋은 일이잖아요. 결국 그것이 싫은 '나'는 수택이가 준 신문을 구겨 난로에 던져 버려요. 그리고 어른이 되어서야 어린 시절 친구에게 마음의 상처를 준 것에 대해 진심으로 미안함을 느끼고 반성하게 되지요.

이 소설은 우리가 친구에게 어떻게 대해야 하는지 스스로 생각하게 만들어요. 나 자신도 이렇게 친구에게 상처를 준 적은 없는지 되돌아보게도 하지요. 수택이를 따돌리고 수택이와 윤희의 우정을 비웃었던 아이 중에 한 명이 나 자신은 아니었는가도 생각해 보게 되고요.

성장소설은 이렇게 이야기를 읽으면서 등장인물의 감정에 공감하고, 자신도 비슷한 경험은 없는지 성찰하게 하는 효과가 있어요. 우리는 이런 간접 경험을 통해 앞으로 어떤 삶을 살아야 하는지, 다른 사람을 대할 때는 어떻게 해야 하는지 공부하게 되지요. 소설의 등장인물은 어른이 되어서야 깨닫게 된 사실을 우리는 성장소설을 읽으며 일찌감치 배울 수 있으니 정말 좋지 않나요?

가족과 다투고 화해하는 사춘기

〈야, 춘기야〉는 사춘기인 딸이 엄마와 갈등을 겪으면서 자라는 이야기예요. '춘기'는 바야흐로 멋 내는 데 푹 빠져 있는 사춘기 소녀 예린이를 가르켜 엄마가 부르는 말이었어요. 춘기는 머리를 염색하고 화장을 하고 엄마 허리띠를 몰래 하고 다니기도 해요. 엄마와 다투고 나서 엉엉 울며 방문을 잠그고 집을 나간다고 소리를 질러 대는 모습은 어쩐지 매일매일 엄마와 다투고 소리 지르는 우리의 모습을 보는 것 같아요. 매일 갈등하고 절대 서로 화해할 것 같지 않던 두 사람의 마음은 외할머니의 말을 듣고 풀리기 시작해요. 엄마도 어렸을 때 예린이와 똑같이 멋을 내고 남학생들과 빵집과 극장을 쏘다녔다는 것을 예린이가 알게 되거든요. 결국 두 사람은 화해를 하고 나란히 자전거를 타면서 이야기가 끝나요.

이 소설은 빨리 어른이 되고 싶고, 어른이 하는 것을 다 따라 하고 싶은 사춘기 소녀가 엄마와의 자잘한 갈등 속에 성장해 가는 모습을 담고 있어요. 우리가 일상에서 매일 겪는 가족과의 갈등, 그리고 갈등을 극복해 나가는 모습을 보면서 '사춘기는 그렇게 지나가는 거구나' 하는 생각을 들게 하지요.

난 아몬드가 없어

뮤지컬로도 공연되고 있는 손원평의 《아몬드》는 교과서에는 실려 있지 않지만 성장소설의 모든 요소를 다 갖춘 감동적인 소설이에요. 아버지가 부재한 가정, 태어날 때부터 주인공이 가지고 있는 불치병, 학교 폭력과 어린이 유괴, 그리고 '묻지 마 범죄'로 인한 가정 파괴까지. 우리 주위와 뉴스에서 볼 수 있는 다양한 소재가 소설 속에 담겨 있거든요. 윤재와 곤이는 이런 시련들을 겪으며 어른으로 성장해 나가고요. 그 과정에서 선천적으로 타인에 대해 공감하지 못하던 주인공이 희로애락애오욕(喜怒哀樂愛惡慾), 즉 기쁨, 분노, 슬픔, 즐거움, 사랑, 미움, 욕망이라는 감정을 배우며 성장하게 되지요.

이처럼 성장소설은 어리고 미성숙한 인물이 성숙하고 완전한 어른이 되기 위해 겪는 아픔, 정신적 성장, 현실에 대한 인식의 변화 과정을 다루는 소설이에요. 우리가 많이 읽었던 〈우리들의 일그러진 영웅〉, 〈흰 종이 수염〉, 〈자전거 도둑〉 같은 것들도 모두 성장소설이지요. 이런 성장소설은 애니메이션이나 영화에도 많이 등장하고요. '이 이야기는 무언가 주인공의 성장을 담고 있어'라고 판단되는 것들은 모두 성장소설에 포함한다고 보면 된답니다.

중학교에서 고등학교로 진학할 때, 또는 대학교에 갈 때 자기소개서를 쓰는 경우가 있어요. 그 자기소개서에 들어가는 내용 중 하나가 바로 자신의 성장 과정이에요. 그리고 그 성장 과정에서 가장 중요한 내용이 바로 '자라면서 어떤 어려움을 겪고 그것을 극복했는가'를 쓰는 거고요. 성장의 과정을 보면 그 사람이 어떤 사람인지 알 수 있다는 뜻이지요. 이제 왜 성장소설이 중요한지 알게 되었나요?

성장

✳ ✳ ✳ ✳ ✳

✳

우리 아파트가
소설에 나온다고?

공간적 배경

박완서 〈옥상의 민들레꽃〉, 오정희 〈소음공해〉,
이효석 〈메밀꽃 필 무렵〉, 전성태 〈소를 줍다〉

"김정환 밥 묵자."

파란 대문이 열리며 정환이 어머니가 아이를 부르니, 맞은 편의 녹색 대문이 열리며 "선우야, 밥 묵자" 하고 선우 엄마가 나타납니다. 정환이 엄마는 선우네 집에 저녁 반찬으로 불고기를 보내고, 선우 엄마는 정환이네 집에 카레를 보내지요. 드라마 〈응답하라 1988〉에 나오는 골목길은 이렇게 낮은 담장을 사이에 두고 이웃들이 다정하게 정을 나누는 장소였습니다. 그러나 2020년을 기준으로 아파트가 우리나라 주택 유형의 50퍼센트를 넘긴 지금, 아파트에 사는 우리는 어떤가요? 혹시 이웃의 얼굴도 모르고 마스크로 표정을 가린 채 서로 다른 곳만 쳐다보고 있지는 않나요? 담장이 낮아 옆집 사람 얼굴을 보며 서로 아침저녁 인사를 나누던 예전과 달리 벽으로 둘러싸인 아파트는 현대인의 풍속을 어떻게 달라지게 했을까요?

우리 아파트가 소설에 나온다고?

현대인에게 아파트란?

박완서의 〈옥상의 민들레꽃〉은 1980년대 궁전아파트를 배경으로 한 소설입니다. 이 소설에서는 아파트와 아파트 옥상이 동시에 중요한 공간적 배경으로 등장하지요. 소설 속 궁전아파트는 주변 아파트에 사는 사람들이 모두 다 부러워하는 넓은 평수의 고급스럽고 비싼 아파트였어요. 그곳에 사는 사람들은 경제적으로 여유가 있어 무엇도 부러울 것이 없었고요.

그런데 어느 날 할머니 두 분이 아파트 베란다에서 떨어져서 죽는 자살 사건이 발생한 거예요. 물질적인 풍요가 행복의 전부라고 생각하는 궁전아파트 사람들로서는 상상할 수 없는 어마어마한 일이 일어난 거지요. 그런데 사건을 해결하고 자살 방지 대책을 의논하기 위해 모인 사람들은 할머니들이 목숨을 잃은 것에 대한 슬픔과 안타까움보다 집값이 떨어지는 것을 더 걱정해요. 베란다에서 사람이 떨어지지 않게 쇠창살을 설치하자는 이야기만 하다가 결국은 할머니들이 왜 자살했는지는 전혀 이해하지 못한 채 모임을 끝내게 되고요.

어떤가요? 궁전아파트는 이름 그대로 겉으로는 궁전처럼 화려하지만, 사실은 사람의 생명보다 물질적 가치만을 중시하는 현대 도시인들을 상징하는 것 같지 않나요?

공간적 배경

그럼 궁전아파트의 '옥상'은 어떨까요? 유치원생이던 주인공은 어느 날 자살을 하려고 혼자 아파트 옥상에 올라갑니다. 하지만 결국 다시 집으로 돌아가게 되지요. 왜일까요? 바로 아파트 옥상에서 작은 민들레꽃 하나를 발견했기 때문이에요. 시멘트를 발라 놓은 옥상의 먼지만 한 작은 틈에 뿌리를 내리고 자라고 있는 민들레가 생명은 아무리 작아도 소중하다는 것을 깨닫게 해준 거예요. 그리고 자신이 선물로 준 카네이션을 쓰레기통에 넣으며 자신을 괜히 낳았다고 하는 부모님의 말을 듣고 상처받은 주인공은 아마 할머니들도 가족들이 '할머니가 안 계셨으면' 하고 바랐을 거라고 생각하지요. 할머니들이 진정으로 원한 것은 물질적 풍요가 아니라 가족들의 따뜻한 관심과 사랑이었다는 것도요. 주인공은 그 사실을 어른들에게 말하려고 하지만 아무도 귀 기울여 듣지 않았지요.

이 소설에서 아파트의 옥상은 자연과 맞닿아 있어요. 작은 생명을 살려 낼 수 있는 흙도 있는 공간이고요. 궁전아파트에서 물질적인 영향력이 닿지 않는 유일한 공간이기도 하지요. 그래서 〈옥상의 민들레꽃〉에서 '아파트의 옥상'은 사람을 살리는 공간이고, 꽃씨를 받아 꽃을 피워 내는 공간이 된답니다.

CRCRCRCRCRCRCRCRCRCRCRCRCRCRCRCRCRCR

〈옥상의 민들레꽃〉의 공간적 배경

- **궁전아파트**: 인정보다 물질적인 가치만을 중시하는 현대 도시인을 상징하는 공간
- **아파트 옥상**: 사람을 죽이는 공간이 아니라 살리는 공간. 꽃씨를 받아 꽃을 피워 내고 생명을 키우는 공간

층간 소음 문제에 숨겨진 반전

이웃 간의 무관심에 대해 다룬 또 다른 소설이 있어요. 오정희의 〈소음공해〉라는 소설이에요. 〈소음공해〉는 요즘 많이 문제가 되는 층간 소음 문제를 소재로 다루고 있어요. 주인공은 클래식 음악을 듣는 것을 좋아하고 장애인 단체에 자원봉사를 다니며 마음이 따뜻하고 공중도덕을 잘 지키는 인물이에요. 그리고 끝없이 계속되는 위층의 소음에도 다짜고짜 다투지 않아요. 경비실에 연락해서 소음을 줄여 달라고 정중하게 부탁하거나 인터폰으로 위층과 통화하는 등 예절과 교양을 갖춘 인물이에요.

공간적 배경

하지만 주인공도 결국 계속되는 소음을 참지 못해요. 그래서 새 슬리퍼를 들고 위층을 방문하게 되지요. 그런데 벨을 누르고 현관에 나타난 위층 여자를 본 순간 깜짝 놀라고 말아요. 위층 여자는 휠체어에 의지해 생활하는 장애인이었던 거예요. 제목 〈소음공해〉에 나오는 소음은 휠체어의 소음이었던 거지요.

1993년에 발표된 〈소음공해〉는 사려 깊고 서로를 예의 바르게 대하는 것처럼 보이는 현대인들이 얼마나 이웃과 단절된 삶을 살고 있는지를 충격적으로 보여 주는 소설이에요. 먼 곳에 있는 장애인을 위해서는 봉사하고 있으나 자신의 위층에 누가 살고 있는지는 전혀 모르는 주인공. 그러한 주인공이 살고 있는 공간인 '아파트'는 또 한 번 폐쇄적이고 단절된 공간으로서 소설 속에 등장하고 있어요.

〈소음공해〉에 등장하는 아파트

바로 위층에 누가 사는지도 모르는 공간. 폐쇄적이고 단절된 공간

우리 아파트가 소설에 나온다고?

숨 막히게 아름다운 농촌

도시를 대표하는 주거 공간인 '아파트'와 대비되는 농촌의 모습은 소설에서 어떻게 다뤄지고 있을까요? 우리나라 문학사에서 농촌을 배경으로 삼은 소설 중 가장 서정적이고 아름답게 농촌의 향토적인 분위기를 그려 낸 소설은 이효석의 〈메밀꽃 필 무렵〉이에요. 요즘도 메밀꽃 필 무렵에 맞춰 소설의 공간적 배경인 평창과 봉평을 찾는 사람들이 있을 정도니까요.

> 달은 지금 긴 산허리에 걸려 있다. 밤중을 지난 무렵인지 죽은 듯이 고요한 속에서 짐승 같은 달의 숨소리가 손에 잡힐 듯이 들리며, 콩 포기와 옥수수 잎새가 한층 달에 푸르게 젖었다. 산허리는 온통 메밀 밭이어서 피기 시작한 꽃이 소금을 뿌린 듯이 흐뭇한 달빛에 숨이 막힐 지경이다.

여러분은 혹시 여름밤에 호젓한 농촌의 산길을 걸어 본 적 있나요? 달도 없이 어둠만이 가득한 길 말이에요. 보름달이 부드럽게 비추고, 메밀꽃이 필 무렵이니 적당히 따뜻한 여름밤이었어요. 걸어가야 할 길은 멀고(소설 속에서는 대화장까지 80여 리의 길), 아무 말 없이 걷기에는 무언가 아쉬운 기분이

공간적 배경

느껴지는 밤이었죠. 눈 닿는 곳마다 흰 메밀꽃이 가득 피어 잔잔하게 일렁이고 콩 포기와 옥수수 잎새가 바람에 살랑이며 초록빛으로 흔들리니 등장인물들의 감성은 한껏 촉촉해졌고요.

장돌뱅이인 허 생원이 젊은 장돌뱅이 동이를 우연히 만나 봉평장에서 대화장을 향해 함께 걸어가고 있었어요. 그러다 밤길의 서정적인 분위기에 끌려 자기도 모르게 예전에 젊은 시절 물레방앗간에서 우연히 만났던 성 서방네 처녀 이야기를 하게 된 거예요. 그런데 동이도 자신의 옛이야기를 하며 '태어나서 지금까지 한 번도 아버지를 만난 적이 없다', '아버지가 누구인지 궁금하다'는 이야기를 하는 거예요. 두 이야기는 신기할 정도로 공통점이 많았지요. 게다가 허 생원은 동이가 자기처럼 왼손잡이인 것까지 알게 되어요. 순간 동이가 자신의 아들일 수도 있다는 생각을 하게 되죠. 그리고 대화장이 아니라 동이의 어머니가 있다는 제천장으로 목적지까지 바꾸게 되는 거예요.

이 소설에는 두 군데의 특징적인 공간적 배경이 나와요. 바로 봉평장과 달밤의 메밀꽃이 핀 산길이에요. 봉평장은 사람들로 어수선하고 무더운 해가 비치는 한낮의 공간이에요. 봉평장에서 허 생원과 동이는 오해하고 갈등하며 서로의 속

마음을 알지 못했어요. 하지만 밤이 되고 아름다운 산길로 장소를 옮기자 두 사람은 서로의 마음속 깊은 이야기를 터놓고, 어쩌면 부자지간이 될 수도 있겠다는 설렘까지 느끼게 되는 거죠.

이렇게 소설 속 공간적 배경은 때로는 인물의 심리를 바꿔 놓고 분위기를 조성하는 역할도 한답니다. 〈메밀꽃 필 무렵〉에서 '길'은 장돌뱅이로 떠돌며 산 허 생원의 삶을 드러내는 공간인 동시에, 허 생원의 과거의 추억과 현재의 만남이 미래로 연결되는 공간이기도 해요.

물론 농촌을 배경으로 하는 소설이 모두 이렇게 서정적이고 아름답지만은 않답니다. 전성태의 〈소를 줍다〉는 똑같이 농촌이 배경이지만, 여기에서 농촌은 가난하지만 순박하게 살고 있는 현실의 공간처럼 느껴지지요.

〈소를 줍다〉에는 아버지가 도시에서 하던 일에 실패해서 종착역으로 선택한 공간적 배경으로 전라도의 한 시골 마을이 등장합니다. '나'의 집은 소 한 마리 없는 어려운 집이었어요. '나'의 아버지는 밭고랑을 낼 때도 줄을 지어 낼 만큼 꼼꼼한 사람이었으나 제대로 농사지을 땅도, 가축도 없었지요. 하지만 이웃의 돼지나 소를 대신 길러 줄 정도로 가축을 기르는 일에는 뛰어난 재능이 있었어요. 그런데 어느 날 장마에 떠내

려온 소를 '나'가 주워 오게 되는 거예요. 물론 주인공의 가족들이 정직하게 소의 주인을 찾아 주는 걸로 결말이 나지만요.

〈메밀꽃 필 무렵〉의 공간적 배경

- **길:** 장돌뱅이로 유랑해 온 허 생원의 삶의 여정을 드러내는 공간인 동시에 허 생원의 과거와 현재가 길을 통해 미래로 연결될 수 있음을 암시하는 공간. 허 생원과 동이가 서로 마음을 터놓는 공간
- **장터:** 사람들로 어수선하고 무더운 해가 비치는 한낮의 공간. 이곳에서 허 생원과 동이는 서로 오해하고 갈등을 빚으며 서로의 속마음을 알지 못하게 됨

〈소를 줍다〉의 공간적 배경

- **1970년대 농촌:** 생활이 넉넉하지는 못하지만 희망을 잃지 않고 순박하게 살아가는 사람들이 살아가는 공간. 토속적이고 향토적인 현대의 농촌을 나타냄

소설 속에서 배경의 역할

소설 속에서의 배경은 아주 중요한 역할을 한답니다. 먼저 그 공간에서 살고 있는 인물과 사건을 생생하게 만들어 주는 역할을 해요. 구체적인 시간적 배경과 공간적 배경이 있어야 소설 속 인물은 살아 숨 쉬는 생생한 인물이 되고, 독자는 소설 속 이야기를 신빙성이 있다고 믿게 되거든요.

또한 〈메밀꽃 필 무렵〉에서와 같이 소설의 분위기를 조성해 주는 역할도 해요. 메밀꽃밭 옆의 산길이나 여름 달밤 같은 계절과 시간, 공간은 그것만이 가지는 특유한 분위기를 만들어 주잖아요.

〈옥상의 민들레꽃〉 같은 소설에서는 공간적 배경(아파트의 옥상)이 소설의 주제를 슬쩍 알려 주기도 하죠. 배경이 상징적인 의미를 지니기도 하고요. '현대의 물질 만능 주의를 극복하고 인간적 가치를 회복하자'라는 주제를 인간적인 정과 삶의 소중함을 상징하는 옥상에 핀 민들레꽃을 통해 슬쩍 보여 주는 거지요.

요즘 소설의 배경은 점점 더 구체화되는 경향이 있답니다. 부엌, 서점, 편의점, 목욕탕, 카카오톡 같은 디지털 공간 등 우리 주변에서 흔히 볼 수 있는 공간이 소설의 배경으로 등장

공간적 배경

하곤 하지요. 도시에서 살고 있는 사람들이 훨씬 많아진 현대의 삶 속에서 위로를 받을 수 있고 편안함을 느낄 수 있는 공간은 멀리 있는 바다, 농촌, 숲속이 아니라 바로 곁에 있어 언제라도 편안하게 들를 수 있는 곳이기 때문일 거예요.

여러분도 익숙하고 편안한 공간, 또는 그곳에 가면 위로를 받을 수 있는 공간이 있나요? 소설 〈어린 왕자〉의 여우가 밀밭만 생각해도 따뜻한 마음이 절로 일어난다고 한 것 같은 공간 말이에요. 여러분에게 그런 공간은 어디인가요?

"하지만 네가 나를 길들이면 내 생활은 빛으로 가득 차게 될 거야. 나는 너의 발자국 소리를 알게 되겠지. 그 발자국 소리는 어떤 발자국 소리와도 다를 거야. 다른 발자국 소리는 나를 땅 밑으로 숨게 만들지. 하지만 너의 발자국 소리는 음악처럼 나를 불러내게 될 거야. 그리고 저기 좀 봐. 밀밭이 보이지? 나는 빵은 먹지 않아. 나에게 밀은 아무짝에도 쓸모가 없어. 밀밭은 내게 아무 느낌도 주지 않아. 그건 슬픈 일이지. 그런데 너는 금빛 머리카락을 가졌잖아. 그러니까 네가 나를 길들인다면 그건 아주 멋진 일이 될 거야. 나는 금빛으로 물결치는 밀밭을 보면 너를 생각하게 될 거야. 그러면 나는 밀밭을 스쳐가는 바람 소리를 좋아하게 될 거야!"

– 앙투안 드 생텍쥐페리, 〈어린 왕자〉 중에서

우리 아파트가 소설에 나온다고?

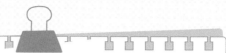

♡ 소설 속에서 배경의 역할

1) 그 공간에서 살고 있는 인물과 사건을 생생하게 만든다

2) 소설의 분위기를 조성한다

3) 소설의 주제를 슬쩍 알려 주거나, 상징적인 의미를 지니기도 한다

*****

4
장

겨울과 봄,
그리고 아침과 밤

시간적 배경

전영택 〈화수분〉, 현진건 〈운수 좋은 날〉,
김유정 〈봄·봄〉, 김영민 《오즈의 의류 수거함》

대부분의 그림에는 인물 뒤에 풍경이 배경으로 나오곤 해요. 그 배경은 집 안이기도 하고, 야외가 될 때도 있어요. 화가들은 그림의 배경에 먼 산을 그려 넣거나 도심의 풍경, 푸른 파도가 넘실거리는 바다를 그려 넣기도 하지요. 그리고 이때 먼 산의 풍경도 해가 뜬 봄의 풍경이냐, 눈이 쌓인 겨울의 저녁 풍경이냐에 따라 아주 다른 그림이 되기도 하고요.

소설에서 배경이란 인물들의 행동과 사건이 일어나는 시간적·공간적 상황을 뜻해요. 배경에는 자연적 배경, 사회적 배경, 심리적 배경, 상황적 배경 등이 있어요.

자연적 배경은 자연적인 환경과 사건이 일어나는 구체적인 시간과 공간을 뜻하는 말이에요. 비가 오거나 눈이 오는 날씨, 봄·여름·가을·겨울 등의 계절, 아침·점심·저녁이라는 시간, 농촌이냐 도시냐 하는 공간이 모두 자연적 배경에 속하지요.

겨울과 봄, 그리고 아침과 밤

사회적 배경은 사회 현실과 역사적 상황, 정치·경제 수준, 생활 형태, 종교, 문화, 직업, 계층, 연령 등과 시대적 상황을 뜻해요.

등장인물의 독특한 심리적 상황을 나타내는 것은 **심리적 배경**, 전쟁이나 죽음 같은 극한 상황에서 느끼는 인물의 의식을 보여 주는 것은 **상황적 배경**이라고 하고요.

왜 겨울을 배경으로 썼을까?

설원을 뚫고 눈 쌓인 계곡을 지나 아슬아슬하게 달리는 열차. 열차 안을 제외하고는 그 어디에도 생명체가 살아 움직이지 않는 것 같은 삭막한 풍경. 이것은 〈설국열차〉라는 영화의 한 장면이에요. 〈설국열차〉는 시종일관 겨울이라는 배경을 바탕으로 사람들 간의 차디차고 삭막한 관계를 그려 내는 영화예요. 반면에 〈벚꽃엔딩〉 같은 대중가요는 봄을 배경으로 삼아 달콤하고 설레는 분위기를 느끼게 하지요.

그럼 겨울이라는 시간적 배경을 바탕으로 하는 소설과 봄이라는 시간적 배경을 바탕으로 하는 소설은 어떻게 분위기가 다를까요? 소설가가 굳이 사계절 중 겨울을 배경으로 썼다면 의도가 무엇일까요?

중고등학교 교과서에 나오는 소설 중 겨울을 배경으로 하는 소설에는 현진건의 〈운수 좋은 날〉, 전영택의 〈화수분〉 등이 있답니다. 〈운수 좋은 날〉에서는 처음부터 끝까지 얼다가 만 비가 추적추적 내리고, 주인공은 온종일 그 비와 눈을 다 맞으며 인력거를 끌지요. 한겨울에 5분만 비를 맞아도 온몸이 으슬으슬하고 추운데 눈이 섞인 비를 외투도 없이 종일 맞는 것이 어떤 기분일지 상상이 되나요?

〈화수분〉에서는 소설의 첫머리가 초겨울 추운 밤의 바람 소리로 시작됩니다. 겨울의 추운 밤과 찬바람 부는 소리라니 생각만 해도 춥지 않나요?

첫겨울 추운 밤은 고요히 깊어 간다. 뒤뜰 창 바깥에 지나가는 사람 소리도 끊어지고 이따금씩 찬바람 부는 소리가 휘익 우수수 하고 바깥의 춥고 쓸쓸한 것을 알리면서 사람을 위협하는 듯하다.

소설의 배경을 보면 〈화수분〉의 주인공에게 무언가 비극적인 일이 생길 것 같은 느낌이 들지요? 정말 소설의 주인공은 너무 가난해 큰딸을 남의 집으로 보내고 형님의 일을 돕고자 양평으로 떠나지만, 결국 아내와 함께 눈 쌓인 산길 위에서 슬픈 최후를 맞게 됩니다.

화수분은 양평서 오정이 거의 되어서 떠나서 해 저 갈 즈음에서 백리를 거의 와서 어떤 높은 고개에 올라섰다. 칼날 같은 바람이 뺨을 친다. 그는 고개를 숙여 앞을 내려다보다가 소나무 밑에 희끄무레한 사람의 모양을 보았다. 그것에 곧 달려가 보았다. 가 본즉 그것은 옥분과 그의 어머니다. 나무 밑 눈 위에 나뭇가지를 깔고, 어린것 업은 헌누더기를 쓰고 한끝으로 어린것을 꼭 안아 가지고 웅크리고 떨고 있다. 화수분은 왁 달려들어 안았다. 어멈은 눈은 떴으나 말은 못 한다. 화수분도 말을 못 한다. 어린것을 가운데 두고 그냥 껴안고 밤을 지낸 모양이다.

겨울을 배경으로 한 소설들은 이렇게 대부분 우리가 알고 있는 겨울 분위기가 그대로 표현됩니다. 이런 소설을 읽을 때 겨울이라는 계절을 겪어 본 독자들은 자신이 경험해 본 것을 근거로 소설 속의 분위기를 상상할 수 있을 거예요. 하지만 만약 사계절이 모두 따뜻하기만 한 나라에서 소설가가 겨울을 배경으로 소설을 썼다면 어떨까요? 쌀쌀한 눈보라와 겨울바람, 손과 발이 얼어붙는 듯한 추위, 나뭇잎이 다 떨어진 삭

시간적 배경

막한 도시의 분위기, 추수가 끝나 경제적으로 여유가 없어진 농촌의 풍경 같은 분위기가 느껴질 리 없겠지요?

ccccccccccccccccccccccccc

〈화수분〉에서 겨울의 의미

춥고 쓸쓸하며 가난하거나, 인간적인 소통이 없는 추운 분위기

봄은 사랑의 계절일까?

봄 하면 어떤 장면이 떠오르나요? 봄은 살랑살랑 바람이 불고 꽃들이 피어나고 온 숲과 초목이 푸르러지는 계절입니다. 봄을 콕 집어 배경으로 삼은 소설이라 봄의 분위기다운 나른하고 달콤한 이야기, 또는 생동감 있고 무언가를 새롭게 시작하는 이야기가 제격이겠지요?

1935년에 발표된 김유정의 〈봄·봄〉은 제목 그대로 봄날의 청춘 남녀의 사랑 이야기를 담고 있는 소설이에요. 데릴사위로 들어간 '나'가 3년 7개월 동안 무일푼으로 일만 열심히 해

겨울과 봄, 그리고 아침과 밤

주다가 결국은 점순이와 혼례를 올리기 위해 장인어른과 담판을 짓는 내용이지요. 점순이의 아버지인 장인은 점순이의 언니 때는 무려 14명의 데릴사위를 들였다가 쫓아낼 정도로 공짜 좋아하고 인색한 사람이었어요. 주인공인 '나'도 데릴사위를 시켜 준다는 말에 아무 말 못하고 묵묵히 일만 했고요. 하지만 어느 봄날 점순이가 '나'에게 왜 혼례를 시켜 달라고 조르지 않냐고 묻는 거예요. 이 말을 듣고 '나'는 용기를 내어 장인에게 직접 대들게 되지요.

〈봄·봄〉은 영화로 만들어지기도 했는데, 인물보다 봄이라는 계절이 주인공처럼 보일 정도로 아름다운 봄 풍경을 잘 담아낸 영화로 유명했답니다.

〈봄·봄〉이라는 소설의 제목에서 봄은 단순히 계절적인 배경을 떠나 다양한 상징적인 의미를 지니고 있답니다. 사계절 중 첫 번째 계절이 봄인 것처럼 '봄'은 이성에 대한 사랑을 처음 눈뜬다는 의미가 있지요. 또한 점순이와 '나'의 달콤하고 부드러운 사랑의 감정 자체를 상징하기도 하고요. 만물이 깨어나는 봄은 이렇게 청춘의 남녀를 달뜨게 하는 계절적 배경입니다. 그래서 요즘도 봄만 되면 〈벚꽃엔딩〉을 포함한 사랑 노래들이 그렇게 많이 들리는 것 같습니다.

시간적 배경

〈봄·봄〉에서 봄의 의미

- 이성에 대한 사랑을 처음 눈뜬다는 의미
- 소설 속 주인공들 간의 달콤하고 부드러운 사랑의 감정 자체를 상징
- 청춘의 남녀를 달뜨게 하는 계절적 배경의 역할

희망찬 아침, 소외된 밤

여러분은 하루 중 아침에 어떤 기분을 느끼세요? 우리는 아침마다 학교에 가고 새로운 하루를 시작합니다. 아직도 보내야 할 시간이 선물처럼 많이 기다리고 있는 아침은 아무래도 희망적이고 기운찬 분위기를 느끼게 만드는 시간적 배경이겠지요?

〈화수분〉의 마지막 풍경은 아침이라는 시간 덕분에 비극적이지만 희망을 담고 있는 결말이 되었답니다. 따뜻한 햇볕이 내리쬐는 아침에, 죽은 두 부부 사이에서 어린애가 살아남았다고 하며 소설이 끝나기 때문이지요. 그리고 보면 아침, 햇살이 비치는 날씨, 등장인물인 아기는 공통점이 있지 않나요?

맞아요. 무언가를 새롭게 시작하는 느낌이 들지요? 그래서 〈화수분〉역시 비극적으로 끝났지만, 아침이라는 시간적 배경 때문에 희망적인 결말을 가진 소설로 평가된답니다.

밤은 어떨까요? 최근에 뮤지컬로도 상영된《오즈의 의류 수거함》을 볼까요?《오즈의 의류 수거함》은 2014년에 김영민이 쓴 소설로, 낮이 아니라 밤이 배경이랍니다. 등장인물들은 외고 시험에 불합격한 후 자살을 생각하는 여고생 도로시와 노숙자, 폐지 줍는 할머니, 탈북자 등이에요. 이들은 모두 낮에 일상생활을 하는 보통의 사람들로부터 소외된 사람이라는 특징이 있어요. 학교, 학원, 평범한 낮의 일터가 아니라 밤의 공간에서 이들은 서로를 위로하고 치유해 주지요. 특히 도로시와 또래이며 195라고 불리는 남학생이 자살하지 못하도록 막기 위해 노력하는 등장인물들의 모습은 감동적이에요. 자신에게도 상처가 있지만 타인의 마음을 들여다보고 치유해 주려는 모습에서 따뜻함을 느끼게 된답니다.

시간적 배경

〈화수분〉에서 아침의 의미

비극적이지만 희망을 담고 있는 결말

우리 역사 속 시대적 배경과 관련 소설

- **일제 강점기** - 일제의 수탈과 민족의 수난
  현진건 〈운수 좋은 날〉, 현덕 〈나비를 잡는 아버지〉

- **8·15 광복** - 광복으로 인한 기쁨과 혼란
  채만식 〈이상한 선생님〉〈미스터 방〉, 전광용 〈꺼삐딴 리〉

- **6·25 전쟁** - 이산가족, 전쟁의 상처
  박완서 〈그 여자네 집〉, 하근찬 〈수난 이대〉〈흰 종이 수염〉, 윤흥길 〈기억 속의 들꽃〉

- **산업화 시대(1960~1970년대)** - 농촌공동체의 붕괴, 산업화 시대에서 소외된 도시민
  최일남 〈노새 두 마리〉, 조정래 〈마술의 손〉

겨울과 봄, 그리고 아침과 밤

♡ 소설의 배경

인물의 행동과 사건이 일어나는 시간적·공간적 상황

♡ 배경의 종류

1) **자연적 배경**: 자연적인 환경과 사건이 일어나는 구체적인 시간과 공간

2) **사회적 배경**: 사회 현실과 역사적 상황, 정치·경제 수준, 생활 형태,
   종교, 문화, 직업, 계층, 연령 등과 시대적 상황

3) **심리적 배경**: 등장인물의 독특한 심리적 상황을 나타내는 것

4) **상황적 배경**: 전쟁, 죽음 같은 극한 상황에서 느끼는 인물의 의식을
   보여 주는 것

전지적
참견 시점

시점

주요섭 〈사랑 손님과 어머니〉, 김유정 〈동백꽃〉,
성석제 〈내가 그린 히말라야시다 그림〉

혹시 '드론샷'이 무엇인지 알고 있나요? 하늘 높이 떠 있는 드론으로 사진을 찍으면 남쪽으로 날아가는 기러기와 똑같은 눈높이에서 다른 새들의 비행을 볼 수도 있고, 논밭이나 빙하의 모습, 건물들도 아주 다른 모습으로 보인답니다. 높은 곳에서 아래를 바라보는 시점은 평소에 낮익게 보던 풍경들을 아주 신기하고 낯선 장면처럼 보이게 하지요. 반대로 아래에서 위로 찍으면 사물이 평소보다 웅장하게 보이고, 같은 사물을 앞에서 찍은 모습과 옆에서 찍은 모습이 아주 달라 보이는 것도 같은 이치예요.

사진 찍는 각도에 따라 보이는 모습이 달라지듯 소설에서도 비슷한 일이 일어납니다. 그것을 바로 **시점**이라고 해요. 시점은 어떤 대상을 볼 때 시선의 중심이 가서 닿는 점을 뜻하지요. 좀더 자세하게 말해 볼까요? 소설을 이끌어 가는 사람을 **서술자**라고 합니다. 그리고 서술자가 소설의 중심인 사건을 보는 시각과 태도, 관점을 시점이라고 한답니다. 소설

전지적 참견 시점

속에서 이 서술자는 소설의 밖에 있기도 하고 안에 있기도 하지요. 또 소설 속 주인공인 경우도 있고, 소설 속에 등장하지만 주인공 옆의 관찰자인 경우도 있고요. 또한 소설 속 서술자가 다른 사람의 마음을 다 아는 위치에 있기도 하지만 때로는 자신의 마음밖에 모르기도 해서 상대방의 마음을 멋대로 해석하기도 한답니다.

그렇다면 소설가들은 왜 이런 시점을 군이 사용할까요? 그냥 쉽게 풀이해서 모든 것을 해설해 주면 소설가도 편하고 소설을 읽는 사람도 편할 텐데 말이에요.

철저하게 주인공 입장에서

먼저 마름의 딸과 소작인 아들의 사랑을 다룬 김유정의 〈동백꽃〉이란 소설을 한번 살펴볼까요? 이 소설은 일제 강점기 강원도 산골 마을에 사는 열일곱 동갑내기 소년과 소녀의 이야기를 다루고 있어요. 주인공 소년과 소녀는 신분과 계층이 달라요. '나'로 등장하는 소년은 소작농의 아들이고, 점순이라는 여자아이는 마름의 딸이에요. 일제 강점기 때는 마름이 소작농에게 땅을 빌려줬어요. 그래서 주인공네 엄마는 항상 마름의 딸인 점순이와 어울려 다니지 말라고, 오해 살 만한 행동을 하지 말라고 해요. 그런데 어느 날 점순이가 주인공한테 와서 귀한 봄 감자를 주고, 말을 거는 거예요. 아무 생각이 없는 주인공은 감자를 거절하고 말대꾸도 퉁명스럽게 했죠. 그러자 점순이는 자기네 닭을 데리고 와서 주인공인 남자아이네 닭과 닭싸움을 시키면서 눈앞에서 약을 올려요. 점순이 입장에서는 자신의 마음을 몰라 주는 남자아이가 얼마나 답답했겠어요.

그런데 서술자인 주인공은 너무 순박하고 어리숙해서 점순이의 마음은 하나도 몰라줘요. 오히려 점순이가 자기를 못살게 굴고 싫어한다고 생각하고요. 왜 여자아이가 감자를 주면서 말을 거는지 소설을 보는 우리는 환히 알겠는데 주인공만 점순이의 마음을 모르는 거예요. 점순이가 너 혼자만 일하냐고 말을 걸자 "그럼 일을 혼자 하지 떼로 하냐?"라고 하며 퉁명스럽게 대꾸하고, 말을 걸다가 혼자서 까르르 웃는 점순이를 보고 '미친 건 아닌가' 하고 생각해요. 심지어 주인공인 남자아이는 마름의 딸인 점순이가 소작농의 아들인 자신을 무시한다고 해석합니다. 닭싸움을 시키는 이유는 자신을 약 올리기 위한 것이라고 생각해서 억울한 마음에 나중에는 눈

전지적 참견 시점

물까지 펑펑 흘리고요. 이 소설의 하이라이트는 마지막 장면이에요. 점순이네 닭을 주인공이 죽였는데 점순이가 그걸 모른 척해 준다고 하는 부분이요.

그리고 점순이는 주인공에게 "너 다음부터 안 그럴 테냐?"라고 질문해요. 주인공은 무턱대고 "그래"라고 대답해요. 뭘 안 그러라는 건지도 모르고 대답하는 주인공의 어수룩함이 소설을 읽는 사람을 답답하게 하기도 하고 미소 짓게도 하지요. 주인공은 아마 속으로 '다음부터는 닭을 죽이지 않겠다'는 약속을 했을지도 몰라요. 하지만 점순이는 '너 다음부터는 내가 주는 것 거절하지 말고 나에게 쌀쌀하게 대하지도 마라'는 약속을 하고 싶었던 걸 거예요.

만약 주인공이 똑똑하고 어른스러워 모든 상황을 파악하거나 작가가 소설 속에서 점순이의 속마음을 정확하게 썼다면 어땠을까요? 독자들은 어떤 상상도 하지 않은 채 그냥 '사춘기 남녀의 사랑 이야기겠거니' 하고 읽었을 거예요. 하지만 소설가는 마름의 아들인 '나'의 시점(시각)에서 점순이의 마음속은 하나도 모르는 것처럼 능청스럽게 소설을 써 나갑니다. 점순이의 모든 행동을 알 수 없는 것처럼 이야기를 풀어 나가고 있어요. 이런 게 바로 **1인칭 주인공 시점**이에요.

시점

〈동백꽃〉의 1인칭 주인공 시점

'나'의 시점(1인칭 주인공) - 소설 속 인물이며 주인공

점순이의 이상한 행동을 이해하지 못함

독자의 호기심을 자극하고 긴장감을 유발함

산골에 사는 소년과 소녀의 순박한 사랑 이야기를 만듦

6세 관찰자 등장이오

〈사랑 손님과 어머니〉라는 소설에는 박옥희라는 여섯 살짜리 여자아이가 소설을 이끌어 가는 서술자로 등장합니다. 옥희는 아버지가 일찍 돌아가셔서 스물네 살의 과부인 어머니, 외삼촌 이렇게 셋이 함께 살고 있어요. 그런데 옥희네 가족이 생활 형편이 어려워져 하숙을 들이게 됩니다. 무언가 상상되기 시작하나요? 맞아요. 바로 하숙에 들어온 사랑 손님인 아

저씨와 어머니가 서로에게 관심을 보이기 시작하는 거예요.

이 소설은 소설 속 등장인물인 옥희가 주인공인 어머니와 아저씨를 관찰하면서 이야기를 전개하고 있어요. 그러다 보니 여섯 살짜리의 눈으로 바라본 어른들의 모습이 그려지고, 아이로서는 어른들의 감정을 이해할 수도 없는 거예요. 옥희는 자기 엄마가 과부인데 그 뜻이 무엇인지 몰라요. 아저씨가 삶은 달걀을 좋아한다고 말하고 나서 엄마가 달걀을 많이 사지만 왜 그런지도 모르죠. 어느 날은 사랑 손님이 어머니에 대해서 묻자 같이 엄마 방에 가자고 해요. 당연히 아저씨는 '아저씨가 바쁘다'고 핑계를 대겠죠. 그런데 '바쁘지도 않은데 왜 그러지?' 하면서 아저씨의 진짜 속마음은 몰라요. 어머니가 왜 달걀을 많이 사기 시작했는지, 아저씨는 바쁘지도 않으면서 왜 바쁘다고 핑계를 댔는지 중학생인 우리가 보면 서로 관심이 있지만 쑥스러워서 그런다는 것을 뻔히 알 수 있는데 말이에요.

옥희가 유치원 친구들과 만났을 때는 대뜸 아저씨에게 아버지라고 부르고 싶다고 해요. 그런데 아저씨가 얼굴이 빨개지고 당황한 모습을 보이자 옥희는 아저씨가 화가 난 거라고 오해합니다. 예배당에서 아저씨와 어머니가 서로를 보고 얼굴이 발개진 것을 보고서는 어른 둘이 서로 성이 났다고까지

시점

생각하지요. 심지어 아저씨가 준 꽃이라고 옥희가 거짓말을 한 꽃을 받은 어머니의 얼굴이 빨개지고, 아저씨의 편지를 받고 가슴이 쿵쾅거리며 뛰자 엄마가 병이 났다고 걱정까지 할 정도예요. 그뿐만이 아니에요. 엄마가 기도문을 외우면서 '시험에 들지 않게 해달라'고 반복해서 말하는 것을 듣고는 '나도 다 외우는 기도문을 아직도 다 암송하지 못했나' 하고 생각하며 얼른 자기가 기도문을 암송해서 끝내 버리기도 합니다. 엄마가 기도문을 반복해서 읽은 것은 스스로 시험에 들면 안 된다는 다짐 같은 것이었는데도 말이에요.

옥희는 부끄럽거나 당황해서 얼굴이 빨개지거나 가슴이 두근거리는 것을 자신의 나이에 맞게 해석하는 거예요. 소설가는 바로 이렇게 어린아이의 시점을 사용함으로써 천진난만한 말투와 시선으로 모르는 척 소설 속 인물들의 모습을 표현해 독자의 웃음을 자아냅니다. 자칫 뻔하게 흐를 수도 있는 이야기를 순수하고 아름다운 사랑 이야기로 승화시키는 효과를 거두는 거지요.

이렇게 소설가가 독특한 시점을 선택하면 독자가 인물들의 행동이나 심리를 해석하고 상상하며 읽는 즐거움을 얻습니다. 이런 게 바로 **1인칭 관찰자 시점**이에요. 말 그대로 '나'가 주인공은 아니지만 주인공 옆에서 주인공이 하는 일들을

전지적 참견 시점

보고 관찰해서 이야기를 쓰는 거지요.

만약 〈사랑 손님과 어머니〉에서 어머니가 소설의 서술자였다고 생각해 보세요. 깜찍하고 순수하고 사랑스러운 느낌은 다 사라지고 '죽은 남편이냐 살아 있는 사랑방 손님이냐'를 두고 고민하는 현실적이고 뻔한 스토리가 되고 말았을 거예요. 〈사랑 손님과 어머니〉는 독특한 시점을 활용함으로써 사건의 줄거리를 전달하는 이상의 효과를 소설 속에서 거두고 있어요.

〈사랑 손님과 어머니〉의 1인칭 관찰자 시점

딸 옥희의 시점(1인칭 관찰자) - 소설 속 인물이지만 주인공은 아님

↓

사랑 손님과 어머니의 마음과 행동을 6세 수준으로 해석함

↓

독자의 상상력과 웃음을 유발함

↓

순수하고 아름다운 사랑 이야기를 만듦

두 사람의 입장을 모두 경험해 보자

〈내가 그린 히말라야시다〉는 1970년대 작은 지방 도시의 한 초등학교를 배경으로, 한순간의 선택이 인생에 큰 영향을 미친다는 내용의 소설이에요.

특이하게도 2명의 주인공이 각각 1인칭 주인공 시점으로 어떤 사건에 대한 자신의 생각을 이야기합니다. 1인칭 주인공은 하나만 있는 줄 알았는데 때로는 이렇게 주인공들이 다 자신의 이야기를 하는 식으로 구성한 소설도 있어요. 이런 시점은 모든 주인공이 자신의 시점에서 사건을 보기 때문에 사건에 대한 해석이 다 달라요. 학교에서 친구들 사이에 어떤 일이 생기면 내 입장에서 사건을 바라보게 되잖아요. 다른 사람들은 그때 내가 왜 그랬는지 잘 알지도 못하고요.

이 소설의 두 주인공도 그렇습니다. 한 사건에 대해 서로의 마음도, 서로가 왜 그렇게 행동했는지 이유도 모르고 평생을 살아가요. 두 사람의 시점이 교차되니 독자들만 사건의 내막을 정확하게 알 수 있게 되는 거예요.

등장인물 중 가난한 농부의 아들이었던 화가는 0 부분의 서술자이고, 부잣집 딸로 태어나 판사 부인이 된 여자아이는 1 부분의 서술자예요. 0 부분의 서술자 '나'는 원래 그림에 관심이 없었지만 초등학교 3학년 때 아버지 동창이 담임선생님이 되면서 인생의 전환점을 맞아요. 선생님은 '나'가 아버지의 그림 소질을 이어받았다고 생각해요. 그래서 3학년인 '나'가 4학년 학생의 이름을 빌려 그림 대회에 참가할 수 있도록 해 주는데 거기서 '나'가 장원을 하고 맙니다. 하지만 두근거리는 마음으로 장원으로 전시된 작품을 보러 간 주인공의 눈에 보인 건 자신의 그림이 아니었어요. 비슷한 위치에서 그림을 그렸던 1의 서술자가 그린 작품이었던 것도 알게 되고요. 하지만 '나'는 사람들이 자신이 장원이 되었다고 알고 있는데 이제 와서 아니라고 말하면 아버지나 선생님이 실망할까 봐 두려워 사실을 밝히지 못하지요. 그리고 평생 동안 스스로의 재능을 끊임없이 의심하면서 자신의 그림에 최선을 다하게 되고, 결국은 유명한 화가가 된답니다.

한편 1의 서술자 '나'는 실수로 번호를 잘못 적어내 상을 타지 못했어요. 하지만 1의 서술자 '나'는 부잣집 딸이어서 상이 꼭 필요하지도 않았고 0의 서술자가 죄책감을 느끼는 것도 싫어 사실을 밝히지 않았지요. 결국 둘은 사생 대회에서 있었던 일을 끝내 털어놓지 않았고, 한 사람은 유명 화가가 되고 한 사람은 평범한 주부가 되었어요.

이 소설의 내막은 두 주인공의 이야기를 모두 읽은 독자인

시점

우리만 알고 있어요. 두 주인공은 번갈아 등장하며 같은 상황에 대해 각각 다른 기억을 이야기하고 있고, 그 상황에서 서로를 바라보며 느끼는 감정들도 달랐어요.

이런 시점으로 소설을 쓰면 독자는 두 사람의 감정과 생각을 비교하면서 읽을 수 있어요. 그리고 이런 소설들은 서로가 서로를 오해한 경우가 많아서 결말로 가면 사건이 반전에 반전을 거치기도 한답니다.

〈내가 그린 히말라야시다그림〉의 시점

'0'의 시점 (1인칭 주인공), '1'의 시점(1인칭 주인공) 교차
－소설 속 인물이며 주인공

두 서술자가 번갈아 등장하며 똑같은 상황에 대해
조금씩 다르게 말함

독자는 두 사람의 감정과 생각을 비교하면서 재미를 느낌

반전에 반전을 거듭하는 흥미진진한 이야기를 만듦

전지적 참견 시점

소설의 시점에는 소설가가 의도하는 교묘한 전략이 숨어 있어요. 그래서 소설을 읽을 때는 항상 '왜 이런 시점을 선택했을까?', '이런 서술자를 선택해서 보여 주고자 하는 효과는 무엇일까?' 하는 점을 생각해 보는 것이 좋아요.

이야기를 이끌어 가는 서술자가 어린아이라면 "아, 소설가가 의도하는 바가 아이의 시각에서 바라보는 어른의 모습이구나. 그럼 사건과 인물에 대해 '왜 그럴까?', '잘 이해가 안 되네'라는 식으로 능청을 떨 수도 있겠구나" 하는 추측을 해보는 것도 괜찮아요. 또 다른 사람의 마음은 모르고 자신의 입장으로 모든 사건을 바라보는 1인칭 주인공 시점이라면 '주인공의 입장에서 모든 것을 해석하겠구나'라고 생각하면 좋겠죠. 그렇게 소설 속의 숨은 의미를 해석해 보고, 다른 등장인물의 심리도 추측해 보면 좋을 거예요. 소설가가 1인칭 관찰자 시점을 쓰고 있다면 '무언가 비밀스럽거나 사연이 많은 누군가에 대해 관찰하면서 이야기하겠구나'라고 생각하면서 읽으면 좋고요.

때로 어떤 소설에서는 이런 시점이 소설 전체를 해석하고 작가가 소설에서 의도한 것을 읽어 낼 수 있는 아주 중요한 열쇠가 되기도 한답니다. 중요한 점이니 기억해 두세요.

♡ **시점(視點)**

어떤 대상을 볼 때 시선의 중심이 가서 닿는 점. 이야기를 끌어가는
서술자가 소설의 중심인 사건을 보는 시각과 태도, 관점

♡ **시점의 종류**

1) **서술자의 위치에 따라 달라짐**

서술자가 소설 속 등장인물인가, 아니면 소설의 바깥에서 사건을 바라

보고 있는가를 기준으로 함

- 서술자가 소설 속 등장인물인 '나'로 나타나면 '1인칭'
- 서술자가 등장인물이 아니라 사건 밖에 있으면 '3인칭'

2) **서술자의 태도에 따라서도 달라짐**

서술자가 등장인물의 속마음까지 속속들이 다 알고 있느냐, 아니면

인물 바깥에서 객관적으로 관찰만 하고 있느냐에 따라서 구분

- 서술자가 주인공으로서 자신의 이야기를 하고 있으면 '주인공 시점'
- 외부 관찰자의 입장에서 사건을 객관적으로 전달하면 '관찰자 시점'
- 그리고 인물과 사건에 대해서 전지전능한 신과 같이 모든 걸 다 알고
  이야기하면 '전지적 시점'

구분		서술자의 위치	
		소설 안(1인칭)	소설 바깥(3인칭)
태도	속마음까지 제시	1인칭 주인공 시점	전지적 작가 시점
	객관적으로 관찰	1인칭 관찰자 시점	작가 관찰자 시점

6장

그때
우리는

사회·문화적 상황

박태원 〈영수증〉, 현덕 〈나비를 잡는 아버지〉,
하근찬 〈수난 이대〉

요즘은 개인정보를 매우 중요하게 생각하는 시대예요. 만약 우리가 친구 전화번호를 친구의 허락도 없이 다른 사람에게 알려 준다면 그건 개인정보를 침해하는 행동이 되어 버려요. 개인정보 보호법 위반으로 큰 문제가 될 수도 있고요.

그런데 과거에는 우리나라 전국에 살고 있는 모든 사람의 이름, 전화번호, 주소를 정리해 놓은 책을 아무나 볼 수 있게 공공장소에 떡하니 뒀답니다. 책만 뒤지면 내가 원하는 사람의 주소와 연락처를 바로바로 찾을 수 있게 말이에요. 설마 그런 책이 있었겠냐고요? 놀랍게도 있었답니다. 바로 공중전화 박스마다 걸려 있던 《전화번호부》라는 책이었어요. 지역도 서울 성북 지역, 충남 서천 지역, 경기 분당 지역 식으로 아주 세분화해서 몇백 페이지나 되는 두꺼운 책을 수십 종류로 만들었어요. 우리가 살고 있는 지금 시대와 너무 다르지 않나요?

우리가 이야기하는 과거가 보통 단편적인 정보나 사실에

그치는 반면, 소설은 해당 시대의 다양한 역사적 현실, 정치, 경제, 종교, 주거, 직업, 계층 등등을 모두 알 수 있게 해준답니다.

노마에게 소셜 미디어 계정이 있었더라면

박태원의 〈영수증〉이라는 소설의 시대 배경은 1930년대예요. 1930년대 하면 일제 강점기라는 건 다들 알고 있죠? 그럼 그 당시 우리 또래의 아이들은 어떻게 지냈는지 살펴볼까요? 마침 〈영수증〉의 주인공 노마가 열다섯 살 된 남자아이예요. 요즘은 열다섯 살이라고 하면 한참 사춘기를 겪고 공부를 하느라 바쁠 시기지요.

그런데 〈영수증〉이라는 소설의 첫 부분을 보면 1930년대에는 길거리나 골목에 있는 우동집마다 으레 심부름하는 아이가 하나씩 있다고 나옵니다. 그럼 노마뿐만 아니라 노마 또래의 많은 아이가 학교를 다니지 못하고 우동집 같은 곳에서 일하고 있었다는 거잖아요. 이 내용을 보고 우리는 일제 강점기에는 어른들뿐 아니라 아이들도 고향과 정든 가족을 떠나

도시로 나왔다는 걸 알 수 있어요. 생계를 유지하기 위해 돈을 벌어야 했다는 사실도요. 이런 게 바로 소설에 나타난 당대의 **사회·문화적 상황**이에요.

거기다 노마는 무슨 사연인지 부모님이 다 돌아가셔서 집도 없이 우동집에서 먹고 자면서 우동 배달을 하고 잔심부름과 설거지를 하면서 살고 있어요.

어떤 때는 자정까지 또는 새로 한 점(새벽 1시)까지 일하기도 하고요. 요즘의 청소년 근로기준법에 따르면 만 15세 이상 18세 미만 청소년의 근로 시간은 1일 7시간, 1주 40시간을 초과할 수 없습니다. 그런데 당시에는 노마 같은 어린아이가 엄청나게 많은 시간 동안 일하는 것이 당연했다는 거예요. 이것만 봐도 일제 강점기에 아동의 인권이 얼마나 보호되지 않았는지, 사람들이 얼마나 살기 어려웠는지 알 수 있죠?

그럼 작품에 나타난 내용 중 당시의 화폐경제 상황은 어땠을까요? 노마가 일하는 우동집의 장사가 잘 안 되어서 두 달치 월급 6원을 못 받고 있다는 구절이 보입니다. 노마의 월급은 한 달에 3원 정도였나 봐요. 그런데 1925년에는 9급 공무원 월급이 20원 정도였으니 한 달에 3원은 거의 최저 임금에도 미치지 못하는 거였네요.

이야기가 진행되면서 우동집은 점점 장사가 안 됩니다. 주인 아저씨는 노마에게 외상값 55전을 직접 받아서 밀린 월급으로 쓰라고 한 뒤 가게 문을 닫아요.

우동 가게가 문을 닫은 후 노마는 외상값 55전을 받으러 모자 가게에 일곱 번이나 가지만 외교원이라는 직업을 가진 오 서방이라는 사람이 노마에게 영수증을 써오라는 말만 하며 돈을 주지 않아요. 그런데 만약 노마에게 요즘처럼 소셜 미디어 계정이 있었다면 노마는 일곱 번이나 외상값을 받으러 갈 필요가 없었을 거예요. 자신이 당한 부당한 대우를 인터넷에 알릴 수 있었다면 아마 노마가 살던 시대처럼 청소년과 아동의 인권 침해가 많지는 않을 거예요.

〈영수증〉에 나타난 당대의 사회·문화적 상황을 보면 일제 강점기 우리 민족은, 심지어 어린아이들까지 먹고살기 위해 일해야 했다는 사실을 알 수 있어요. 부당한 대우를 받아도 어디에도 하소연할 데가 없어 고립되고 단절된 상황에서 혼자 묵묵히 모든 힘든 일을 겪어야 했다는 것도 알 수 있지요. 조금 돈이 있어 우동집을 차렸거나 철 공장 같은 일터에 다니는 사람들조차 먹고살기 힘든 형편이었다는 것도 알 수 있고요.

이것 말고도 소설을 읽다 보면 지전, 백동전 등 지금은 쓰지 않는 화폐를 썼다는 것, 형을 언나라고 불렀던 것, 시간을 얘기할 때 열 점, 새로 한 점처럼 '시'가 아닌 '점'이라고 썼다

〈영수증〉속 사회·문화적 상황

내용	1930년대 상황
열다섯 살인 노마가 우동집에서 일함	청소년과 아동이 고향을 떠나 도시에서 일을 함. 청소년과 아동의 인권이 보호되지 못함
맨손과 맨몸으로 우동을 배달함	자전거와 같은 교통수단이 귀한 상황
철공장에 다니는 아저씨도 네 식구가 근근이 살아감	대부분의 우리나라 사람들이 경제적으로 먹고살기 힘든 상황이었음
노마가 직접 외상값을 받으러 다님	은행, 신용카드 등 금융 시스템이 발달하지 않음
외상값을 받으러 가서 부당한 대우를 받음	부당한 대우를 받아도 하소연할 수 있는 소셜 네트워킹, 사회 연결망이 발달하지 않은 상황

는 것들도 알 수 있어요. 이런 내용을 통해 우리는 소설을 읽으면서 순수함을 잃지 않고 열심히 살아가려는 한 소년이 끝내 희망을 가질 수 없는 각박한 현실로 인해 좌절할 수 밖에 없던 일제 강점기의 사회·문화적 상황을 아주 생생하게 알 수 있게 되는 거지요.

그때 우리는

농촌에 사는 소작농의 상황

〈영수증〉이 도시에 사는 소년이 겪는 어려움을 다뤘다면 현덕의 〈나비를 잡는 아버지〉는 일제 강점기 농촌에 사는 소작농의 상황을 알 수 있는 소설이에요. 이 시대에는 사람들이 대부분 농사를 지어 생계를 유지했어요. 많은 땅을 가진 지주들은 자기가 직접 모든 땅의 농사를 지을 수 없으니 소작농에게 땅을 빌려줬고요. 그런데 지주들이 땅에서 멀리 떨어져서 사니 지주 대신 소작농을 관리하는 사람들이 필요했어요. 그 사람들이 바로 마름이에요. 마름은 지주와 소작농 사이에서 누구를 소작농으로 삼을지, 소작료는 얼마나 걷을지 결정하고 협상까지 하는 사람이었어요. 소작농으로서는 마름에게 잘 보이지 않을 수가 없었던 거지요. 왜 바우 아버지가 경환이 아버지한테 꼼짝 못 했는지 이유를 단박에 알 수 있지요?

소작농은 일제 강점기 때 생긴 거예요. 일제 강점기 토지조사사업으로 지주의 소유권만 인정되고, 농사를 짓던 농부의 소작권과 중간 권리는 없어졌거든요. 조선 시대에는 지주라도 소작인이 지주의 땅에서 경작할 수 있는 권리를 함부로 빼앗을 수 없었는데 말이에요.

이 소설을 보면 요즘의 초등학교를 당시에는 소학교라고

불렀다는 것도 알 수 있어요. 소학교는 나중에 보통학교, 국민학교라는 이름을 거쳐 이제는 초등학교가 되었어요. 소학교를 졸업한 후에는 능력이나 성적이 아니라 잘사는 집 아이만이 상급학교에 진학할 수 있었다는 것도 소설에 나타난 당시의 사회·문화적 상황이에요.

〈나비를 잡는 아버지〉를 읽다 보면 일제 강점기 때의 학교 숙제도 알 수 있어요. 경환이는 방학 과제로 동물표본을 내요. 아마 요즘 이런 숙제를 내주면 환경 보호 단체에서 학교에 엄청 항의할 거예요. 하지만 일제는 사람에게 해가 되는 동물을 '해수'라고 이름 지어 우리나라 고유의 동물들을 마구 포획했어요. 그래서 호랑이, 표범, 늑대 같은 동물들이 일제 강점기에 거의 멸종되다시피 했지요. 나비를 잡아 오라고 숙제를 내준 것도 우리나라 고유의 생물 개체들을 없애려고 한 걸 수도 있어요.

당시 직업에 대한 부모님의 생각도 볼까요? 바우 아버지가 바우에게 말하는 내용을 봅시다.

"담부터 내 눈앞에 그 그림을 그리는 꼴 보이지 말아라. 네깟 놈이 그림 그걸루 남처럼 이름을 내겠니, 먹고살게 되겠니?"

그때 우리는

당시에는 그림을 그려서 성공하거나 생계를 유지할 수 있는 사람이 소수에 불과했다는 것을 알 수 있어요. 하지만 요즘은 그림을 전공하면 순수 미술뿐 아니라 다양한 산업 디자인 분야로 진출할 수도 있고, 일러스트레이터, 웹툰 작가 등 다양한 활동 분야가 있잖아요. 게다가 화가는 예술가로 아주 높이 평가해 주고 말이에요. 이렇게 소설 속 대화를 잘 읽어 보면 당시 사람들의 가치관과 사고방식도 알 수 있는 거예요.

〈나비를 잡는 아버지〉에 나오는 대중가요도 당시의 사회·문화적 상황을 알 수 있는 부분이에요. 경환이 같은 학생들까지 대중가요를 불렀다는 것은 이미 사회적으로 대중가요가 널리 퍼졌다는 뜻이지요. 실제로 1930년대는 우리나라 대중가요의 황금기였어요. 일제 치하의 우리 민족에게 대중가요가 큰 위로를 주었거든요. 요즘의 아이돌처럼 스타도 생겨나고, 레코드 회사에서 오디션 프로그램 같은 것을 열어 신인 가수를 뽑기까지 했고요.

사회·문화적 상황

〈나비를 잡는 아버지〉 속 사회·문화적 상황

내용	1930년대 상황
바우 아버지가 경환이 아버지에게 잘 보이려 애씀	토지 경작을 둘러싸고 소작농과 마름 간의 갈등이 존재함
경환이만 상급학교에 진학함	집안의 경제력이 없으면 상급학교에 진학할 수 없음(학업능력보다는 경제력이 우선시되는 상황)
경환이가 대중가요를 흥얼거림	사람들이 대중가요를 통해 위로받고 사회적으로 널리 퍼지기 시작한 상황
학교에서 방학 과제로 동물표본을 내줌	환경을 공존의 대상보다 정복의 대상으로 여기는 상황
바우의 아버지가 바우가 그림 그리는 것을 못마땅하게 생각함	그림을 그리는 직업에 대한 사회적 인식이 낮음

수난과 고통의 시기를 보여 주네

〈수난 이대〉의 시대적 배경은 일제 강점기부터 6·25 전쟁 직후까지예요. 작품의 주인공인 아버지 박만도는 징용을 가게 됩니다. 징용은 일제 강점기 때 일본 사람들이 우리나라 사람들을 강제로 동원해 일을 시켰던 것을 말해요. 징용에 끌려간 사람들은 남양주 군도나 북해도 탄광, 만주, 일본 같은 곳으로 갔어요. 어떤 사람은 해방이 될 때까지 탄광에서 일하기도 하고 어떤 사람은 일본의 전쟁 준비를 위해 군수시설과 비행장 같은 것을 만드는 데 동원되기도 하고 말이에요.

만도도 징용 가서 섬에서 비행장 닦는 일을 하게 되었어요. 그런데 여기서 더위와 강제 노동, 모기떼 등으로 말도 못하게 고생하는 거예요. 거기다 어느 날 공습을 피하려다 다이너마이트가 설치된 굴로 뛰어들어 팔까지 잃게 되지요. 박만도를 보면 일제 강점기에는 많은 사람이 가족과 떨어져 징용에 끌려가고, 자신이 어디로 가는지조차 모른 채로 고달픈 생활을 했다는 것을 알 수 있어요.

그런데 이번에는 아들 진수가 6·25 전쟁에 참전해요. 아들이라도 건강하게 돌아오면 다행인데 엎친 데 덮친 격으로 아들까지 수류탄을 맞아 다리를 잃게 되는 거예요. 이 소설을 읽다 보면 팔을 잃거나 다리를 잃는 이런 큰 사고가 특정한 한 사람에게만 일어나는 것이 아니라 우리 민족 누구에게나 일어날 수 있었고, 실제로 일어났던 상처와 시련이었겠다는 생각이 들어요. 일제 강점기 때 강제 징용 갔던 사람들의 보상 문제가 요즘에도 간혹 신문에 나옵니다. 바로 그 사람들이 일제 강점기 때 이 소설과 같은 일을 겪은 사람들인 거지요.

〈수난 이대〉 속 당대의 사회·문화적 상황을 보면서 우리는 우리의 현대사가 민족의 수난과 고통의 시기였고, 현재까지도 그 고통이 이어지고 있다는 것을 알 수 있어요.

〈수난 이대〉 속 사회·문화적 상황

내용	1950년대 상황
박만도가 징용을 감	일제 강점기 우리 민족이 남양주 군도, 북해도, 만주, 일본 등 다양한 곳으로 징용에 끌려감
박만도가 징용 가서 팔을 잃음	일제 강점기 징용을 가서 부상을 입거나 죽는 경우가 비일비재함
진수가 6·25 전쟁에 참전해 팔을 잃음	6·25 전쟁에 참전한 많은 사람이 정신적, 육체적으로 상처를 입음
두 부자가 모두 부상을 당함	우리나라 현대사 50여 년간 많은 사람이 수난과 고통을 겪음

그때 우리는

다른 세계를 이해할 수 있다면

소설 속의 사회·문화적 상황을 자세히 파악하며 읽다 보면 소설 속의 인물들이 우리 옆에 살아 움직이고 일하고 음식도 먹고 눈물도 흘리며 숨 쉬는 사람처럼 느껴져요. 1930년대 풍의 거리에서 빨갛게 언 두 손으로 우동 그릇을 들고 국물이 쏟아지지 않도록 최대한 조심하면서 미끄러지지 않으려고 종 종걸음을 걷고 있는 소년을 본 것 같기도 하고, 한겨울 우동집의 펄펄 끓는 우동 냄새가 나는 것 같기도 하고, 낡은 기차역에서 징용을 가려고 옹기종기 모여 두려움에 떠는 사람들의 모습이 보이는 것 같기도 하지요. 그래서 우리가 살아 보지 못한 세계에 대해 훨씬 깊이 있게 이해할 수 있게 됩니다.

그뿐만 아니라 소설 속에 나타난 시대적 배경은 작가의 의도와 소설의 주제를 알려 주기도 해요. 〈영수증〉에서 노마는 각박한 시대적 상황을 극복하려고 애쓰지만 어린아이 혼자의 힘만으로는 안 된다는 것을 깨닫고 좌절하게 되지요. 〈나비를 잡는 아버지〉에서는 소작농과 마름이라는 계층이 존재하는 사회 속에서는 아버지가 아들을 사랑하는 마음을 표현하는 것조차 어렵다는 것을 알려 줍니다.

앞으로 소설을 읽을 때는 이렇게 작품이 창작된 사회·문

사회·문화적 상황

화적 배경을 바탕으로 작품을 이해해 보세요. 당대의 삶이 반영된 작품을 오늘날의 삶에 비추어 감상하면서 읽는다면 소설을 훨씬 재미있게 읽을 수 있을 거예요.

♡ **사회·문화·역사적 상황이란**

문학 작품이 창작된 시대의 역사적 현실, 정치, 경제, 종교, 주거, 직업,

계층 등 작품의 창작 배경을 뜻하며 등장인물의 생활 풍습이나 사고방식

등으로도 드러남

♡ **사회·문화적 상황을 찾는 방법**

1) 작품 속에서 사건이 일어난 시대를 드러내는 시간·공간·사회적 배경을

　찾아봄

- 시간적 배경: 사건이 일어나는 구체적인 연도나 시대, 시간 등
- 공간적 배경: 사건이 일어나는 자연적 공간이나 생활 공간 등
- 사회적 배경: 사건이 일어나는 사회의 구체적인 현실 모습이나

　의식주, 역사적 상황 등

2) 작품 속 인물들의 말과 행동, 인물들 간의 관계 등을 통해 사회·문화적

　요소가 어떻게 드러나는지 살펴봄

3) 당시 사회상에 대한 자료를 통해 현실이 작품에 어떻게 반영되었는지

　살펴봄

# 문학 작품과 사회·문화적 상황의 관계

문학 작품에는 작가가 살아가고 있는 현실 세계나 작가가 바라본 특정한 시대의 모습이 반영됨. 작가는 자신이 바라본 현실 세계나 특정한 시대의 모습을 문학적으로 재구성해, 그에 대한 자신의 생각이나 가치관을 드러냄

욕을 마구 써도
된다고?

비속어와 사투리

현진건 〈운수 좋은 날〉,
이범선 〈표구된 휴지〉

곱고 아름다운 우리말을 배우는 국어 시간. 고유어, 한자어, 외래어, 은어, 신조어 등 다양한 것을 배우지만 수업 시간에 허락되지 않는 유일한 말이 있어요. 바로 비속어예요. **비속어**는 다른 사람의 마음에 상처를 주거나 비하하는 표현으로, 학교 폭력의 원인이 되기도 하므로 학교에서는 절대로 권장하지 않지요.

그런데 비속어가 당당하게 교과서에 실려 있고 심지어 국어 선생님이 밑줄을 긋고 중요하다고까지 하는 때가 있어요. 바로 소설이나 시 같은 문학 작품에서 비속어가 사용될 때예요.

김수영이라는 유명한 시인은 〈도적〉이라는 시에서 '그놈, 여편네' 같은 비속어를 써서 사회를 비판하기도 했어요. 소설은 어떨까요? 당연히 소설 속에서도 비속어를 사용하는 인물들이 종종 등장한답니다. 비속어를 쓰면 어떤 효과가 있기 때문일까요?

욕을 마구 써도 된다고?

때로는 가슴을 먹먹하게 하는 비속어

현진건의 〈운수 좋은 날〉에는 거의 종일 비속어를 입에 달고 다니는 김 첨지라는 인물이 등장해요. 김 첨지는 1920년대 일제 강점기 인력거꾼으로 먹을 것이 없어 아내가 굶어 죽을 정도로 가난한 인물이에요. 아침에 출근할 때는 아내에게 욕을 하고, 저녁에 술을 마실 때는 친구들에게 마구잡이로 비속어를 쓰는 인물이지요.

소설가는 주인공이 왜 이렇게 많은 비속어를 쓰도록 설정했을까요? 바로 소설을 통해 특정 시대 어떤 인물의 전형을 보여 주기 위해서예요. 일제 강점기에 매일 중노동을 하며 하층민으로 사는 인력거꾼들은 당연히 학교 교육을 받지 못했을 거예요. 거기다가 먹고살기 힘드니 마음속은 세상에 대한 원망으로 가득 찼을 거고요. 그런 인물이 표준어를 쓰면서 교양 있고 어려운 단어들을 구사한다면 정말 어울리지 않겠죠? 김 첨지가 비속어를 쓰고 주변 사람에게 까닭 없이 화를 내고 그래야 진짜 현실 속에 살고 있는 인물같이 느껴지는 거지요. 소설 속 인물이 살고 있는 시대적 특징이 드러나는 현장감도 생기는 거고요.

일을 마치고 집에 돌아와서 자신이 왔는데도 움직이지 못

비속어와 사투리

하는 아내를 바라보며 김 첨지는 비속어를 쏟아 내요.

"이런 오라질 년, 주야장천 누워만 있으면 제일이야! 남편이 와도 일 어나지를 못해."

퇴근했을 때 부인이 움직이지도 못하고 누워 있으면 걱정을 먼저 하는 것이 평범한 가장의 행동일 텐데요. 그래서 이 장면은 비속어가 눈에 거슬리기보다 독자에게 큰 충격을 안겨 주지요. 젊은 부부가 얼마나 가난하고 힘들고 절망적이면 갓난아이를 낳은 신혼인데도 저렇게 서로 악에 받쳐 욕밖에 할 수 없을까? 김 첨지의 부인은 왜 움직이지도 못하는 것일까? 그러다가 김 첨지의 아내의 상황과 옆에 있는 개똥이를 보면 가슴이 먹먹해지지 않을 수가 없게 되지요. 소설 속에서의 비속어 사용은 이렇게 인물의 상황과 처지, 신분을 사실적으로 드러내는 역할을 한답니다.

또한 비속어는 인물 간의 갈등이나 인물의 성격을 효과적으로 보여 주기도 해요. 〈기억 속의 들꽃〉 주인공의 아버지는 금가락지를 내놓는 명선이를 다른 동네 사람들과 떼어 놓으려고 비속어를 써가며 동네 사람들을 협박해요. 부부는 '나'가 데리고 온 명선을 처음에는 탐탁지 않게 생각했으나, 금반

욕을 마구 써도 된다고?

지를 보자 태도가 달라지는 탐욕스럽고 이기적인 인간들이에요. 그리고 자신의 이익과 관련이 있을 때는 이웃들에게도 서슴지 않고 비속어를 남발하지요. 이렇게 어떤 인물의 성격을 보여 줄 때도 비속어가 아주 적절한 역할을 한답니다.

우리 고유의 문화유산인 '봉산탈춤'과 같은 비판적이고 풍자적 성격이 강한 작품의 경우는 대상에 대한 풍자의 효과를 높이기 위해 일부러 비속어를 사용하기도 해요. 신분 차별이 심한 조선 시대에 일반 백성이 모여 있는 시장 장터에서 대놓고 비속어를 사용해서 양반이나 관리를 비판했던 마당극은 대상을 더욱 우스꽝스럽게 만드는 역할을 했지요.

시인 김수영은 '가장 아름다운 말 열 개'라는 시작 노트에서 세상에서 가장 아름다운 말은 "진정한 시의 테두리에서 살아 있는 말들"이라고 했답니다. 결국 시와 소설이라는 문학 속에서 사람들이 사는 삶의 모습을 가장 잘 담고 있는 말이라면 그것이 비속어라도 '살아 있는', 아름답고 문학적인 말이 될 수 있다는 이야기겠지요?

하지만 여러분들은 일상생활에서는 비속어를 많이 쓰지 않는 것이 좋다는 점, 알고 있겠죠?

문학작품 속 비속어의 효과

- 특정 시대를 살아가는 인물의 전형을 보여 줌
- 인물의 상황, 처지와 신분을 사실적으로 드러냄
- 인물의 성격과 인물 간의 갈등을 보여 줌
- 대상에 대한 풍자 효과를 높이기도 함(예: 봉산탈춤)

➡ 문학 속에서 사람들이 사는 삶의 모습을 잘 담고 있다면 비속어도 '살아 있는 말'이 될 수 있음

흙냄새, 이슬 냄새, 황토 흙 타는 냄새가 나는 사투리

우리나라는 모든 교과서, 방송, 뉴스에 표준어를 통일해서 씁니다. **표준어**란 '교양 있는 사람들이 두루 쓰는 현대 서울말'이라는 뜻이지요. 그럼 **사투리**는 '교양 없는 사람들이 쓰는 말'일까요?

흔히 지역방언이라고도 이야기하는 사투리는 드라마나 영화에서도 다양하게 사용됩니다. 〈응답하라 1994〉라는 드라

마는 경상도, 전라도, 충청도의 사투리를 찰지게 사용하는 대학생들을 등장시켜 그동안 어떤 지역 사투리는 어떤 역할을 한다고 생각하던 고정관념과 편견을 깨는 역할을 하기도 했어요.

경남 마산 출신의 정우는 "내가 걸뱅이? 쓰레기? 인마들이 고마…. 티 나나?"라는 대사와 함께 츄리닝과 슬리퍼 차림이고, 경남 삼천포 출신의 김성균은 "행님~ 말 노이소~ 지 스프 살입니더"라고 느긋하게 말하지요. 전남 순천 출신의 손호준은 "아따~ 나가 순천서 최초루 오렌지족 소리 들어 본 놈이여!"라는 대사처럼 호기심이 많고 유행에 민감한 캐릭터였고요. 바로가 연기한 인물은 충북 괴산 출신에 말끔한 외모와 책을 들고 있는 모습처럼 바른 생활의 사나이로 "의대는 딱한 학기만 다닐 게유. 아버지 꿈이니깐"이라는 대사처럼 자신의 꿈과 다른 길을 선택한 의대생으로 등장했어요.

이 드라마에서 전국에서 모인 학생들은 각기 개성적인 사투리들로 서로 이야기를 주고받으며 때로는 지방에서 올라온 지역민으로서의 서러움을 드러내기도 하고, 고향에 대한 그리움을 표현하기도 하며, 각 지역의 독특한 문화를 보여 줬어요.

이범선이 쓴 〈표구된 휴지〉라는 소설에서도 사투리가 아주 중요한 소재로 등장해요. '표구'는 '귀중한 그림이나 글씨를 잘 보관하기 위해 그림의 뒷면이나 테두리에 종이 또는 천을 발라 꾸며서 액자를 만드는 것'을 뜻해요. 그럼 이 소설에서는 왜 휴지를 표구했을까요?

이 작품은 1960~1970년대의 서울이 배경이에요. 이 시기는 우리나라 역사상 도시화, 산업화로 농촌에 사는 젊은이들이 서울로 올라와 일을 많이 하던 때였어요. 소설의 주인공이자 화가인 '나'는 은행원인 친구가 있는데, 어느 날 그 친구가 은행에 저금을 하러 들르던 지게꾼 청년이 버리고 간 휴지를 주워 와 표구를 부탁해요. 그 휴지는 시골에 살고 있는 아버지가 도시로 돈 벌러 간 아들에 대해 쓴 편지로, 삐뚤빼뚤하고 띄어쓰기도 하나도 안 된 글로 가득 차 있었지요.

당연히 내용도 사투리투성이었어요.

'니 무슨 주변에 고기 묵거나, 콩나물 무거라, 참기름이나마 마니 처서 무그라.'

밥은 잘 먹냐, 건강은 어떠냐 하는 사소한 인사와 동네 소가 새끼를 낳았다, 아들의 친구가 군대에서 제대했다, 너도 얼른 와서 장가를 들어야 하지 않겠냐, 네 어머니는 네가 보고 싶다고 한다, 뒷산 새가 밤마다 운다 등 생활 속에 있었던 내용들이 편지 속에 가득 담겨 있었고요.

하지만 사투리로 가득한 그 편지를 보고 은행원인 친구는 따뜻한 정을 느꼈고, 화가인 '나'는 그 구겨진 휴지 조각을 표구해 놓고 종종 바라보며 옛정을 느끼고 그 소박함에 마음의 위안을 얻게 됩니다.

도시에서는 찾을 수 없는 이웃에 대한 관심, 시골의 향토적인 풍경과 정서, 고향에 있는 아버지가 도시에 나가 일하는 아들에 대한 따뜻한 사랑을 표현한 편지는 사투리만이 담을 수 있는 따뜻함을 줬던 거지요. 아마 이런 편지를 표준어로 썼다면 투박하지만 소박하고 따뜻한 맛은 전혀 느낄 수 없었을 거예요.

소설 속의 사투리는 이처럼 시골의 토속적인 분위기를 훨씬 잘 느끼게 해준답니다. 사투리가 아니고는 담길 수 없는 지역의 생동감 있는 삶의 현장도 담을 수 있고요. 독자는 이 소설을 읽으며 정말 어떤 청년이 시골에 있는 아버지에게서 받은 편지를 같이 읽어 보는 것 같은 사실감을 느낄 수 있게 되는 거지요. 시인 김영랑은 〈오메, 단풍 들것네〉라는 사투리를 제목으로 농촌의 느낌이 물씬 나는 시를 쓰기도 했고, 박목월은 사투리를 '흙냄새, 이슬 냄새, 황토 흙 타는 냄새'라고 표현했어요. 이처럼 소설 속의 사투리는 때 묻지 않고 순박한 시골의 분위기를 그대로 보여 주는 효과가 있답니다.

문학 작품 속의 사투리

- 시골의 토속적인 분위기와 생생한 삶의 현장을 느끼게 해줌
- 구체적이고 생동하는 형상을 보여 줌으로써 심미적 기능을 함
- 인물의 순박한 성격을 나타냄
- 조상 때부터 살아온 그 지역 사람들의 지리적·문화적 경험과 정서를 보여 줌
- 획일화된 표준어로는 보여 줄 수 없는 다양한 인간의 감정을 표현하는 어휘의 정서적·체험적인 면을 드러냄

욕을 마구 써도 된다고?

어쩐지 무슨 일이
일어날 것 같더라

복선

황순원 〈소나기〉, 윤흥길 〈기억 속의 들꽃〉,
박완서 〈자전거 도둑〉, 현진건 〈운수 좋은 날〉

〈더 글로리〉라는 드라마가 있어요. 이 작품은 고등학교에 다닐 때 친구들에게 언어적, 정신적, 신체적으로 심한 학교폭력을 당한 주인공이 성장한 후 자신을 괴롭히던 친구들에게 복수한다는 줄거리예요. 이 드라마에는 매우 많은 복선이 나와요. 그중에서도 드라마의 앞부분에 주인공이 세 들어 사는 집의 할머니가 말하는 꽃에 대한 대사는 등장인물 전체의 특성을 보여 주는 복선이라 할 수 있어요.

"저건 지상을 향해 나팔을 불어서 천사의 나팔꽃, 그건 하늘을 향해 나팔을 불어서 악마의 나팔꽃. 신이 보기에 건방지다나?"

할머니는 주인공에게 하얀 나팔꽃을 가리키며 이야기해요. 그런데 드라마의 포스터를 보면 정면을 바라보는 인물은 주인공뿐이에요. 학교폭력 가해자들을 모두 '악마의 나팔꽃'처럼 하늘을 응시하고 있고, 주인공을 돕는 조력자들은 '천사

어쩐지 무슨 일이 일어날 것 같더라

의 나팔꽃'처럼 아래를 내려다보고 있어요. 그래서 포스터만 봐도 누가 악역일지, 누가 주인공의 조력자일지 바로 알 수 있답니다. 이런 것이 바로 복선이에요. 물론 드라마가 진행되는 것을 보며 '아, 그 포스터가 복선이었구나' 하고 깨닫게 되는 거긴 하지만요.

소설이나 영화에서 날씨가 흐리거나 태풍이 불어오면 갑자기 좋지 않은 일이 생기곤 하는 것도 복선이에요. 〈부산행〉 같은 영화에서 먼 하늘에 구름이 몰려온다거나 안개가 가득 낀 날씨가 배경으로 깔린다거나 하면 주인공이 가족과 이별하기도 하고, 끔찍하거나 비극적인 사건이 생기기도 하잖아요. 사실 일상생활에서 날씨는 우리 운명과 아무런 상관이 없어요. 날씨가 미래를 예측하거나 암시한다고 생각하는 사람도 아무도 없고요. 하지만 문학 작품이나 영화 속에서는 날씨가 복선 역할을 자주 한답니다.

영화관에서 '어벤저스' 시리즈 같은 영화를 볼 때 영화가 끝난 뒤에도 일어나지 않고 다음 편에 대한 예고 장면이 담긴 쿠키 영상을 본 적이 있나요? 이런 것도 일종의 복선이에요. 우리가 쿠키 영상을 보는 것은 다음에 이어질 스토리를 상상하거나 추측할 수 있기 때문이지요.

복선

복선을 한마디로 정의하면 '뒤에 올 사건을 미리 암시하는 장치'라고 할 수 있답니다. 흔히 '복선을 깐다'라고도 표현하지요. 복선(foreshadoing)은 앞(fore)과 그림자(shadoing)가 합쳐진 말로, 말 그대로 '사건이 일어나기 전에 미리 그 사건에 어떤 그림자를 드리운다'는 뜻이거든요.

ⵊⵊⵊⵊⵊⵊⵊⵊⵊⵊⵊⵊⵊⵊⵊⵊⵊⵊⵊⵊⵊⵊⵊⵊⵊⵊ

복선

fore(앞) + shadoing(그림자)

사건이 일어나기 전에 미리 그림자를 드리움

복선의 교과서 같은 작품 〈소나기〉

〈소나기〉는 여러분 또래의 소년과 소녀가 등장하는 아름다운 사랑 이야기예요. 어느 날 개울가 징검다리에 앉아 있는 소녀를 처음 본 소년은 동네 친구들에서 볼 수 없던 도시의

어쩐지 무슨 일이 일어날 것 같더라

세련된 느낌을 받아요. 누굴까 굉장히 궁금했지요. 며칠 동안 그 자리에서 소녀를 바라보기만 하다가 나중에는 소녀가 안 보이면 기다리기까지 합니다. 소년은 너무 수줍은 성격이라 소녀에게 말을 걸지 못했지만, 결국 소녀가 먼저 말을 걸고 둘은 함께 산으로 놀러 가게 되지요.

그런데 갑자기 먹장구름이 몰려오면서 소나기가 내리고 말아요. 두 사람은 비를 피하기 위해 급히 수숫단 속에 들어가게 되지요. 그런데 소녀의 입술이 파랗게 질리면서 몸이 안 좋아 보이기 시작해요. 그러더니 산에 갔다 온 후 며칠 동안 소녀가 보이지 않는 거예요. 걱정하던 소년 앞에 오랜만에 나타난 소녀는 그동안 많이 아팠고, 이사 간다는 말을 합니다. 하지만 이사 가기 전날 밤 결국 비극적인 결말을 맞아요.

1952년 황순원이 발표한 〈소나기〉는 복선의 교과서 같은 작품이에요. 소나기에 나오는 소녀의 얼굴이 유난히 하얗다고 묘사되지요. 이건 소녀가 몸이 약해서 나중에 건강 때문에 무슨 일이 일어날 것 같음을 암시하는 복선이에요. 소년이 '도라지꽃이 보랏빛'이라는 사실을 말해 주자 소녀는 자신이 제일 좋아하는 색이 보라색이라고 말하는 구절도 있어요. 실제 우리 현실에서는 보라색을 좋아한다는 것에 아무 의미도 없잖아요? 초록색을 좋아하는 친구도 있고 파란색을 좋아하는 친구도 있고 어떤 색을 좋아한다는 것은 개인적인 취향일 뿐이니까요. 그런데 이 소설에는 보라색이 아주 우울한 분위기를 형성해요. 나중에 먹장구름이 몰려오고 소나기가 쏟아질 때도 온 사방이 보랏빛으로 변한다는 표현이 나와요. 보랏빛은 우울하고 불길한 분위기로 소녀를 둘러싸면서 무언가 불행한 결말을 암시하는 복선으로 작용하는 거죠.

소녀에게 꽃을 꺾어 준 소년이 송아지 위에 올라타 빙글빙글 도는 장면에서 소년의 눈에 소녀는 꽃과 하나처럼 보입니다. 이는 소녀가 꽃과 같은 운명이 될 것이라는 점을 암시해요. 수숫단 속에서 소녀와 소년이 비를 피할 때 소녀가 안고 있던 꽃묶음 속의 꽃은 처음에는 가지가 꺾이고 일그러져서 몇 송이만 버리면 원래의 예쁜 모습을 유지할 수 있었어요. 하지만 어느 순간 이후에는 완전히 망그러지면서 되돌릴 수 없는 상태가 되지요. 소녀도 병이 조금 나은 듯한 모습으로 소년 앞에 나타났지만 결국은 꽃묶음과 같은 운명을 맞게 된다는 걸 암시하는 거죠. 소녀의 입술이 파랗게 질린 것도 소녀의 건강에 대한 복선이에요. 그렇게 생각해 보면 내일 제사를 지낸다는 소녀의 말도 예사롭게 들리지는 않지요?

소설을 읽으면서 어딘지 모르게 소녀의 운명이 불행해질 것 같은 느낌이 슬슬 들다가 결말의 중심 사건이 일어난 후에

어쩐지 무슨 일이 일어날 것 같더라

'맞아, 아까 그것이 결말을 암시하는 거였구나!' 하는 생각이 든다면 그것이 바로 복선이에요. 〈소나기〉는 다양한 복선이 깔리면서 소설의 긴장감을 유발하고 소설의 세밀한 소재와 대사들이 결말과 긴밀하게 연결되고 있어요.

사방에 복선이 깔려 있는 〈운수 좋은 날〉

현진건의 〈운수 좋은 날〉도 사방에 복선이 깔려 있는 소설이에요. 일제 강점기인 1920년대 하층민의 비참한 삶을 그린 이 소설은 처음의 배경부터 주인공인 김 첨지의 행동과 혼잣말, 김 첨지 아내의 말 등 곳곳에 복선이 깔려 있어요.

소설은 눈이 오지 않고 얼다가 만 비가 추적추적 내리는 날씨 얘기부터 시작해요. 펑펑 내리는 눈도, 시원하게 쏟아지는 비도 아닌 추적추적 내리는 진눈깨비. 시작부터 뭔가 개운치 않고 눅눅한 기분이 들지 않나요? 그런데 이 비가 그치지 않고 인력거를 끄는 김 첨지를 종일 따라다니며 끊임없이 괴롭히는 거예요.

여러분 혹시 인력거 아세요? 일제 강점기 교통수단으로,

오늘날로 보면 일종의 택시라고 할 수 있어요. 바퀴 달린 수레 같은 것에 손님을 태우고 인력거꾼이 두 발로 직접 끌고 다녀야 하지요. 인력거에 지붕이 있으니 손님은 비를 피할 수 있지만, 인력거를 끄는 사람은 비를 흠뻑 다 맞을 수밖에 없어요. 결국 소설의 주인공 김 첨지도 온종일 온몸으로 그 비를 다 맞으면서 인력거를 끌게 되는 거죠. 독자는 이 소설을 읽어 나가면서 계속 내리는 비가 김 첨지의 삶에 무언가 안 좋은 일을 가져올 거라는 예감을 느끼게 되지요. 이 소설에서는 날씨가 복선 역할을 하게 된답니다.

김 첨지의 아내는 기침으로 쿨룩거린 지 한 달이 넘었어요. 그런데 그날따라 김 첨지에게 굳이 나가지 말라고 말해요. 하지만 당연히 김 첨지는 아내 곁에 있지 못하고 온종일 일할 수밖에 없었지요. 그런데 하루 일을 마치고 집에 가는 길에 들른 선술집에서 김 첨지가 갑자기 엉엉 소리를 내며 우는 거예요. 아내가 죽었다고 말하면서요. 그러고는 갑자기 미친 듯이 웃어요. 김 첨지의 이런 모습을 보고 독자는 아내에게 불길한 일이 일어났을 것 같은 불안감이 들기 시작해요. 이런 인물의 행동과 대사도 복선이에요. 결국 처음부터 시종일관 독자를 불안하게 했던 소설 속 복선들은 마지막 부분에서 반전을 일으키며 충격적인 결말을 보여 줘요.

어쩐지 무슨 일이 일어날 것 같더라

〈운수 좋은 날〉은 이렇게 날씨, 김 첨지의 행동, 대사 등에서 복선을 가득 담고 있는 소설이에요.

〈운수 좋은 날〉

굳은비가 종일 추적추적 내리는 날씨- 오늘은 일하러 나가지 말라는 아내의 말- 아내가 죽었다는 김 첨지의 말

어두침침하고 흐린 분위기

↓

김 첨지에게 불행한 일이 닥칠 것임을 암시

내 힘으로는 어쩔 수 없는 바람이 불어올 때

박완서의 〈자전거 도둑〉도 한번 살펴볼까요? 이 소설은 1960년대 산업화 시대 농촌에서 올라와 세운상가에서 일하는 열여섯 살 수남이라는 소년의 이야기예요. 수남이는 주인 영감의 말을 아주 잘 듣고 열심히 가게에서 점원 노릇을 하며 언

젠가는 공부도 하고 싶어 하는 순진한 소년이지요.

그런데 어느 날 화창한 봄날인데 겨울이 온 것처럼 기온이 뚝 떨어지더니 소름 끼치는 기이한 소리가 나면서 바람이 불기 시작하는 거예요. 그 바람은 불길한 분위기를 몰고 오다가 급기야 가게가 있는 골목에 사고를 내게 됩니다. 바람 때문에 간판이 떨어져서 지나가던 아가씨가 간판에 맞아 정수리를 다치고 피까지 뚝뚝 흘리는 대형 사고가 난 거죠. 사실 이 사고는 수남이와는 아무 상관이 없어요. 바람으로 인한 피해는 엉뚱하게도 소설의 중심인물과 상관없는 간판집 주인 아저씨한테로 향하고요. 전선 도매집 주인 아저씨 또한 난데없이 치료비를 물게 되어 생돈을 빼앗기게 되지요.

이쯤 읽다 보면 작가가 왜 갑자기 이런 뜬금없는 사건을 이야기하나 싶어요. 주인공네 가게 이야기도 아니고 주인공이나 주변의 중요한 사람이 다친 것도 아닌데 갑자기 날씨 이야기며 다친 이야기를 늘어놓으니까요.

주인공인 수남이는 이 사건을 보고 아가씨도 아저씨도 재수가 없는 하루라는 생각을 하며 마음속으로 불안한 기운을 느껴요. 그래서 자기네 가게 간판이 잘 달렸는지 다시 한번 점검해 보지요. 하지만 바람은 수남이에게도 엉뚱한 피해를 주고 말아요. 갑자기 바람이 수남이네 가게 앞으로 온갖 잡

어쩐지 무슨 일이 일어날 것 같더라

동사니와 쓰레기를 몰고 오는 거예요. 이 쓰레기들은 어찌 된 영문인지 아무리 쓸고 쓸어도 계속 쌓이기만 해요.

여기서 독자는 '수남이의 힘으로는 어쩔 수 없는 일이 앞으로 일어나는 걸까? 그 일은 혹시 바람과 관련 있는 일이 아닐까?' 생각하게 됩니다. 이것이 바로 복선이에요. 복선이란 이렇게 갑작스럽고 생뚱맞아 보이는 장면에서 나타나기도 해요. 소설의 중심 사건과는 전혀 관련 없는 척하며 말이지요.

뒤에 가서 수남이가 타던 자전거가 바람 때문에 난데없이 어느 신사의 자동차에 부딪히는 사건이 발생합니다. 그러면 '아까 그 바람이 복선이었구나' 하는 생각이 나지요. 사건은 수남이의 힘으로는 어찌할 수 없는 지경으로 치닫게 되고요. 이를 보며 '혹시 아까 바람에 쓸려 온 쓰레기들도 복선이었나?' 이런 생각도 하게 되는 거지요. 결국 수남이는 혼자 힘으로는 이 사건을 해결하지 못해요. 그래서 자전거를 들고 도망을 치게 되어요. 복선은 결국 결말에 이르러서야 빼꼼히 보여 주었던 비밀을 풀어 놓는 것입니다.

복선

〈자전거 도둑〉

불길한 바람 소리

↓

간판이 떨어져 사람이 다치는 사고 발생,
가게 앞에 쓰레기 무더기를 만듦

↓

흉흉하고 을씨년스러운 분위기

↓

수남의 위기 암시

소녀의 비극적 운명을 암시한 복선

6·25를 배경으로 피란 가던 한 소녀의 이야기를 담은 윤흥길의 〈기억 속의 들꽃〉에도 복선이 나타나 있어요. '나'의 마을은 만경강 다리 때문에 피란민이 많이 몰리는 동네였어요. 그 동네에 어느 날 명선이라는 아이가 갑자기 나타납니다. '나'는 도시 아이 같은 명선이가 불쌍해서 집으로 데려오지만, 엄

마는 피란민을 데려왔다고 나를 혼내고 명선이를 내쫓으려 하지요. 그런데 명선이가 엄마에게 금반지 하나를 주는 거예요. 그러자 엄마는 명선이를 반갑게 맞으며 집에 들여요. 전쟁 통에 가족을 잃은 고아를 집에 맞아들이고 밥을 주는 이유가 순전히 황금 때문인 거예요. 이 정도면 동네 인심이 어느 정도인지 알 수 있겠지요? 전쟁으로 인해 사람들은 식량이 부족했고, 상대가 아무리 어린아이라도 자신이 가진 식량을 나눠 먹지 못할 정도로 인정이 메말랐던 거지요.

시간이 지나자 엄마는 명선이에게 또 다른 금반지를 내놓으라고 압력을 가해요. 그러자 명선이는 어디선가 두 번째 금반지를 가지고 와서 또다시 엄마에게 주지요. 이쯤 되니 '나'의 엄마와 아빠뿐 아니라 온 동네 사람들이 금반지를 받으려고 명선이를 협박하고 말아요. 결국 명선이는 동네 사람들의 탐욕에 쫓기고 전쟁에서 입은 공포까지 더해져 부서진 다리 위에서 떨어지고 말아요. 비극적인 결말로 끝나는 거죠.

이 소설에서 복선은 인물의 외양 묘사, 인물의 특이한 행동, 소재, 인물 간의 대화, 주인공의 독백 등을 통해 알 수 있어요. 명선이는 다른 아이들과 달리 예쁘장한 얼굴에 여자아이같이 고운 목소리로 이야기를 해요. 싸움은 동네에서 제일 잘하는 데도 말이지요. 거기다 다른 아이들이 무서워하는 강

위의 부서진 다리 위에도 가장 잘 올라가요. 심지어 동네 아이들 중에 부서진 다리 끝의 철근 위로 걸어갈 수 있는 아이는 명선이밖에 없었어요. 여기서 명선이의 외모는 나중에 밝혀지는 사건의 복선으로 작용합니다. 다리 위에 명선이가 매일 올라가는 것도 마찬가지예요. 부서진 다리는 명선이의 운명이 결정되는 장소이면서 동시에 명선이의 비밀이 숨겨진 장소임이 밝혀져요.

이 외에도 어느 날 부서진 다리 위에 있는 아슬아슬한 철근을 건넌 명선이를 '나'는 지옥의 가장자리에 올라앉은 귀신같이 보인다고 표현해요. 이때의 '지옥'이나 '귀신' 같은 표현도 바로 명선이의 운명을 암시하는 복선일 수 있어요. 또 우연히 찾아낸 들꽃을 명선이가 머리 위에 꽂고 있었는데 그 꽃이 흙탕물이 흐르는 강물 속으로 떨어지는 사건이 발생해요. 이 장면 또한 명선이의 운명을 암시하는 복선이 되지요.

요즘 유튜버 중에는 어떤 드라마의 다음 시즌이 어떻게 전개될 거라고 알려 주는 사람들이 있잖아요. 다음 시즌을 기다리는 사람들에게 '앞에서 이런 복선(대사, 장면 등)이 나온 걸로 보아 아마 이렇게 될 거야. 진짜 범인은 누구' 이런 식으로요. 이 유튜버들은 바로 사건의 진행에서 작가가 암시한 의도적인 장치인 복선들을 해석하는 것이랍니다. 복선을 알게 되

어쩐지 무슨 일이 일어날 것 같더라

면 여러분도 소설, 영화, 드라마, 웹툰, 게임을 훨씬 더 재미있게 볼 수 있을 거예요.

앞으로는 영화를 보거나 소설을 읽을 때 인물의 외양 묘사, 소품, 배경, 보조적인 사건, 대화를 좀더 주의 깊게 살펴보세요. 그것이 나중에 일어날 중심 사건과 무슨 관련이 있을지를 추측해 보고요. 작가나 영화감독이 꼭꼭 숨겨 놓은 수수께끼 같은 비밀을 따라가다가, 내가 예측한 것이 맞아떨어진다면 정말 재미있지 않을까요?

복선

♡ 복선

소설이나 희곡 따위에서 앞으로 일어날 사건에 대해 의도적으로 미리

암시하는 기법

♡ 복선을 찾는 방법

미처 생각지 못했던 소품, 배경, 보조적 사건, 대화가 이후 일어날

중심 사건의 전개와 연결되는지 생각해 볼 것

♡ 복선의 효과

결말을 예측해 보며 흥미진진하게 소설을 읽을 수 있음

9
장

넌 자꾸 성격이
변하는구나

성격

황순원 〈학〉, 이오덕 〈꿩〉

새 학기가 되어 새로운 친구들을 만나는 것처럼 설레는 일이
또 있을까요? 낯선 친구의 얼굴을 보며 어떤 성격일지 상상
해 보고, 마음이 맞는 친구를 찾아내는 것은 항상 놀랍고 즐
거운 일이에요. 그런데 잘 생각해 보세요. 처음에는 얼굴이
잘 생기거나 예쁜 외모를 가진 친구들이 인기를 끌지만, 점차
시간이 지나면 성격이 좋은 친구들 주변으로 더 많은 친구가
모이지 않나요? 그 이유는 사람의 매력이 외모보다 내면, 상
대방의 취향을 존중해 주거나 다른 사람들을 잘 배려해 주는
태도에 있기 때문일 거예요.

소설가도 소설을 쓸 때 등장인물을 어떤 사람으로 정할지
아주 고민이 많답니다. 매력적인 등장인물을 만들어 내야 사
람들이 호기심을 가지고 그 사람에게 어떤 일이 벌어질지 끝
까지 읽게 될 테니까요. 등장인물은 소설 전체의 배경이나 스
토리도 달라지게 만든답니다. 내가 쓰려고 하는 소설의 주인
공을 키가 크고 얼굴이 하얗고 매사에 적극적으로 호기심을

넌 자꾸 성격이 변하는구나

품는 15세의 남자 중학생으로 정했다고 생각해 보세요. 중학생일테니 조선 시대 같은 때에 살게 할 수도 없고, 얼굴이 하얗다니 살고 있는 장소도 농촌보다 도시로 설정하는 것이 자연스럽지 않을까요? 그럼 이처럼 중요한 등장인물을 문학 용어로는 어떻게 설명하는지 한번 살펴볼까요?

전형적이거나 개성적이거나

소설 속의 등장인물은 성격에 따라서 전형적 인물과 개성적 인물로 나눌 수 있어요. **전형적 인물**은 어떤 특정한 사회나 계층을 대표하는 인물을 말해요. 고전소설 속에 등장하는 인물들은 전형적인 인물인 경우가 많아요. 재자가인(才子佳人)이라는 말 들어 봤나요? '재주가 있는 남자와 아름다운 여인'이라는 뜻이에요. 현대소설의 주인공들이 다양한 계층의 개성적인 인물이 많은 데 반해 고전소설에서는 남자는 무조건 영웅이거나 재주가 뛰어나고, 여자는 아름다운 미모를 가진 경우가 많아요. 이런 것이 고전소설 주인공의 전형이라고 할 수 있어요.

성격

교과서에 나온 소설 중 〈홍길동전〉에 등장하는 홍길동의 경우를 볼까요? 홍길동은 의적의 전형이라 할 수 있어요. 개인적인 시련을 극복하고 탐관오리를 혼내 주며 부패한 관리들의 재물을 빼앗아 가난한 백성들을 도와주는, 우리가 의적을 생각할 때 딱 떠올리는 행동을 하는 인물이잖아요. '효녀상' 하면 떠오르는 심청, '인색한 부자상' 하면 떠오르는 놀부도 전형적 인물의 예라고 할 수 있어요. 전형적 인물이란 이렇게 우리가 '선비는 이런 사람일 것이다', '전교 1등은 이런 사람일 것이다'라고 생각하는 사람을 말한답니다.

요즘 유행어로 '아이돌 센터상'이라는 말이 있잖아요. 잘생기고(예쁘고) 성격도 밝고 잘 웃고 자신의 분야에서는 단연 최고이면서 예능감까지 좋은 사람들요. 이런 경우도 일종의 전형적인 인물이라고 할 수 있겠죠?

개성적 인물은 소설 속에서 사회나 집단의 보편적인 성격과는 구별되는 독자적인 성격을 가진 인물을 뜻해요. 황순원의 〈학〉에 나오는 성삼이 같은 인물이 대표적이죠. 〈학〉은 1950년대 한국 전쟁 직후 삼팔선과 가까운 북쪽 마을을 배경으로 하여 이념을 넘어선 우정을 그린 소설이에요. 소설의 주인공인 덕재와 성삼이는 어린 시절부터 아주 친한 친구였어요. 그런데 6·25 전쟁으로 두 사람이 정반대의 편에 서게 되

넌 자꾸 성격이 변하는구나

지요. 성삼이는 전쟁이 끝난 후 국군의 편에서 치안대원으로 활동을 하게 되고, 덕재는 병든 아버지 때문에 피란을 못 갔는데, 그전에 북한에 협력했다는 죄목으로 체포를 당하고 말아요. 그런데 하필이면 성삼이가 덕재를 호송하는 임무를 맡아요. 그리고 덕재가 북한에 협력한 일도 없고, 병든 아버지 때문에 체포되었다는 것을 알게 되는 거예요.

만약 성삼이가 당시 보통의 치안대원이라면 인민군에 협력했다는 사실만으로 아무것도 묻지 않고 덕재를 죽음으로 몰아넣을 수 있었을 거예요. 하지만 덕재를 아는 성삼이는 그럴 수 없었어요. 그래서 호송을 하다가 갑자기 어린 시절 둘이 같이하던 '학을 잡는 놀이'를 하자며 모르는 척 성삼이를 풀어 주고요. 이 소설에서 등장하는 성삼이 같은 인물이 바로 개성적인 인물이에요. 우리가 치안대원이라면 보편적으로 이렇게 할 거라고 생각했던 행동도 하지 않고 사고방식도 다르니까요.

성격

한결같거나 달라지거나

소설의 인물은 성격의 변화에 따라서는 입체적 인물과 평면적 인물로 나눌 수 있답니다. 인물이 입체적이거나 평면적이라니 도대체 무슨 이야기인가 싶을 거예요. 얼굴이 평면적이라거나 입체적이라는 건가 싶기도 하고요. **평면적 인물**은 소설의 처음부터 끝까지 성격이 변화하지 않는 인물이에요. 상황이 바뀌어도 성격이 변화하지 않고 고정되어 있는 인물을 뜻해요. 보통 한 작품 내에서 처음부터 끝까지 성격이 변하지 않는 인물이라고 할 수 있어요.

우리가 알고 있는 〈사랑 손님과 어머니〉의 어머니 같은 인물은 대표적인 평면적 인물이에요. 이 소설에 등장하는 어머니는 여자는 한 번 결혼하면 아무리 남편과 사별을 했어도 더이상 다른 사람을 만나거나 재혼하면 안 된다는 생각을 해요. 그래서 결국 사랑 손님도 떠나고 말고요.

〈꺼삐딴 리〉의 이인국도 평면적 인물이에요. 〈꺼삐딴 리〉의 이인국은 일제 강점기, 해방 후, 6·25 전쟁을 거치면서 항상 자신에게 이로운 것들만 선택하고 지배층에 빌붙어 권력과 부를 유지하는 인물이에요. 기회주의자로서의 모습이 소설의 처음부터 끝까지 변하지 않지요. 이렇게 소설의 처음부

넌 자꾸 성격이 변하는구나

터 끝까지 자신이 믿는 신념이나 가치관을 유지하고 바꾸지 않는 인물을 평면적 인물이라고 해요.

그런데 소설의 모든 인물이 이렇게 성격이 변하지 않으면 어떨까요? 조금은 지루하지 않을까요? 현실 속에서도 사람은 다양한 생각을 가지고 살고, 그것이 외적인 환경이나 내면적인 이유 때문에 달라지기도 하잖아요. 그래서 작가들은 매혹적인 입체적 인물을 만들기 위해 아주 많은 노력을 기울이곤 한답니다.

입체적 인물은 사건의 전개 과정에 따라 성격이 변화하고 발전하는 인물이에요. 외적인 환경이나 시련, 내면적 요인, 운명 등으로 성격이 바뀌게 되지요. 인물의 성격이 발전적이고 계속 변화한다는 점 때문에 '발전적 인물' 또는 '동적 인물', '극적 인물'이라고도 해요.

이오덕의 〈꿩〉에 등장하는 용이가 대표적인 입체적 인물이에요. 1960년대 시골의 한 마을에 용이라는 아이가 살고 있었어요. 그런데 이 아이는 아버지가 남의 집 머슴살이를 하기 때문에 3년 동안 친구들의 책 보퉁이를 들어다 주고 무시당하면서 지내요. 스스로도 자신을 못난 아이라고 생각하고요. 그러다가 급기야는 아이들의 책 보퉁이를 7개나 들어다 주기에 이르러요. 그런데 어느 날 꿩 한 마리가 날개를 펴고 하늘을 나는 모습을 보게 됩니다. 이 순간 용이는 하늘을 자유롭게 나는 꿩처럼 자신도 자유로운 존재라는 사실을 깨달아요. 그리고 더 이상 이렇게 지낼 수는 없다는 생각을 하고 들고 있던 책 보퉁이를 다 버리지요. 소심하고 내성적이었던 인물이 용기를 내고 적극적인 인물로 바뀌는 것이 바로 소설 속의 입체적인 인물이에요.

물론 입체적 인물이라고 해서 완전히 다른 사람처럼 성격이 180도 바뀌는 것은 아니에요. 용이처럼 이야기의 초반에는 두려움이 많아 보였으나 후반으로 갈수록 용감한 성격으로 새로운 모습을 보인다거나, 조급하고 조바심 내던 인물이 신중한 성격으로 바뀐다거나 하는 경우에 입체적 인물이라고 할 수 있어요.

주연과 조연의 역할

주요 인물과 주변 인물, 주동 인물과 반동 인물은 무엇인지 알겠나요? 영화나 드라마, 연극 등에서 우리가 쉽게 찾을 수 있어요. **주요 인물**은 우리가 흔히 알고 있는 영화나 소설, 웹

넌 자꾸 성격이 변하는구나

툰 등에서 주인공을 포함해 그와 비슷한 정도로 작품에서 중요한 역할을 하는 인물들을 말해요. J.K. 롤링의 '해리 포터' 시리즈를 예로 들어 볼까요? 해리 포터, 헤르미온느, 론이 주요 인물이에요. **주변 인물**은 주요 인물을 보조하는 인물로 부차적 인물이라고도 해요. 주요 인물 주변에서 그들을 돋보이게 해주는 사람들은 모두 주변 인물이에요. '해리 포터' 시리즈에서는 주요 인물들을 제외한 대부분의 인물이 주변 인물이겠죠?

주동 인물은 쉽게 말해 이야기를 진행하는 주인공이에요. 보통 작가들은 이 주인공을 통해 말하고 싶은 주제를 표현해요. '해리 포터' 시리즈에서 해리 포터가 주동 인물이라면 해리 포터의 목숨을 노리는 볼드모트는 **반동 인물**이에요. 〈하늘은 맑건만〉이라는 소설에서는 문기가 주동 인물, 수남이가 반동 인물이 될 거예요. 여러분이 읽었던 소설들 중에서 주인공과 갈등을 겪었던 인물들이 다 반동 인물이라고 생각하면 쉬워요.

그럼 작가가 이야기하고 싶어 하는 주제는 누구의 행동을 통해 표현될까요? 맞아요. 주동 인물의 행동과 생각을 잘 분석해 보면 그것이 바로 소설의 주제가 될 가능성이 높답니다.

우리는 소설을 읽으며 다양한 인물의 삶에 공감하기도 하

성격

고, 그 삶을 비판하기도 하며, 등장인물을 따라 다양한 시대와 공간을 탐험하며 경험을 쌓아요. 등장인물이 시련을 겪고 그것을 극복해 성장하는 모습을 보며 나도 어려움을 극복해야겠다는 용기를 얻기도 하고요. 물론 소설 속에 나오는 인물이 성격이 변하는 입체적 인물이라고 해서 항상 긍정적인 방향으로 성장하고 발전하는 것은 아니에요. 어떤 인물들은 처음에는 올바른 가치관과 생각을 가지고 있다가도 나중에 악당으로 변하는 경우도 많잖아요. 영화 속에 나오는 악당들도 처음부터 악당이 아니라 외부적인 어떤 원인 때문에 악당이 되는 경우도 많고요.

하지만 소설을 읽을 때 주인공이 갈등하며 인물의 성격이 변한다면, 그것이 바로 소설가가 이야기하고자 하는 핵심 내용이라는 사실을 잊지 마세요.

넌 자꾸 성격이 변하는구나

10
장

네 정체를
밝혀라

인물 묘사

김시습 《금오신화》 중 〈이생규장전〉,
채만식 〈이상한 선생님〉

㉮

1) 경은이의 체온이 올라갔다.

2) 경은이의 이마가 불에 덴 듯 뜨거웠다.

㉯

1) 나는 시험으로 몹시 긴장된 상태였다.

2) 꼭 움켜쥔 내 손에는 땀이 촉촉이 배어나고 심장이 빠른 속도로 뛰기 시작했다.

1번과 2번 두 문장의 차이는 뭘까요? 맞아요, 길이가 다르지요. 그리고 또 어떤 차이가 있나요? 2번 문장들이 훨씬 생생한 느낌이 들지요? 뜨거움, 촉촉한 땀, 빠른 속도로 뛰는 심장 소리가 촉각, 청각을 통해 실감 나게 느껴지잖아요.

소설가가 인물을 보여 줄 때도 마찬가지예요. '호은이는 참

네 정체를 밝혀라

깔끔하고 정돈을 잘하는 학생이다'라고 쓸 수도 있지만, '호은이의 책상 위에는 가지런히 정리한 책들과 문제집들이 반듯하게 놓여 있다. 그 옆에 있는 핑크색 필통 안에는 막 깎은 듯한 연필이 키 순서대로 담겨 있다'라고 쓸 수도 있는 것처럼요.

이처럼 소설가가 소설 속에서 인물을 보여 주는 방법은 크게 두 가지가 있어요. '말하기'와 '보여 주기'랍니다. 그럼 두 가지가 어떻게 다른지 살펴볼까요?

인물 제시 방법

말하기 (직접 제시)

보여 주기 (간접 제시)

인물 묘사

내가 직접 설명해 줄게

송도 낙타교 옆에 이생이 살고 있었는데, 나이는 열여덟이었다. 풍운이 맑고 재주가 뛰어나 일찍부터 국학에 다녔는데, 길을 가면서도 시를 읽었다.

선죽리 귀족집에서는 최씨 처녀가 살고 있었는데, 나이는 열대여섯쯤 되었다. 태도가 아리땁고 수도 잘 놓았으며, 시와 문장도 잘 지었다.

이 부분은 김시습이 조선 시대에 쓴 〈이생규장전〉에서 두 주인공을 소개하는 장면이에요. 이생은 18세로 오늘날의 고등학교 정도되는 국학에 다니고 있고, 최랑은 15~16세이니 오늘날의 중학교 2~3학년쯤 되었겠네요. 〈이생규장전〉이라는 제목은 '이생이 담장을 넘은 이야기'라는 뜻이에요. 소설은 말 그대로 이생이 최랑네 집 담장을 넘어 두 사람이 사귀고 혼인하게 되지만 오랑캐의 침략으로 최랑이 죽게 되고, 그 후에 귀신이 되어서 서로 사랑을 이어 간다는 내용이에요.

이 소설을 보면 남자 주인공인 이생은 '풍운이 맑고 재주가 뛰어나고 길을 가면서도 시를 읽었다'라고 작가가 인물에 대해 직접 설명해 주고 있어요. 풍운이 맑다는 것을 보니 공부도 잘해서 과거를 준비하고 있었나 봐요. 여자 주인공인 최랑은 '태도가 아리땁고 수를 잘 놓았으며, 시와 문장도 잘 지었다'라고 말하고 있고요.

이렇게 서술자가 인물에 대해 직접 설명해 주는 것이 **직접 제시**예요. 말로 설명해 주는 것처럼 쓴다고 해서 **말하기**라고도 해요. 이렇게 작가가 대놓고 설명해 주면 독자는 인물의 성격이나 심리를 따로 힘들게 분석할 필요가 없어져요. 그건 좋은 점도 있지만 그렇지 않은 점도 있어요. 다 직접 설명을 해버리니 상상하고, 추측하고, 해석하는 재미가 없어지는 거지요. 그래서 독자는 능동적으로 책 속으로 뛰어드는 대신 수동적으로 책상에 가만히 앉아서 선생님의 설명을 듣는 것 같은 기분이 들게 되고요.

'최랑이 수를 잘 놓았다'라고 최랑의 재능에 대해 설명한 부분을 '최랑이 놓은 수는 윤기 나는 청록빛 깃털을 가진 청둥오리 한 쌍이 차가운 푸른 물살을 헤치고 금방이라도 날아오를 듯했다. 그 옆의 매화 가지에는 새봄의 연분홍 매화꽃이 방 안 가득 향기를 뿜어내는 것 같았다. 한 땀 한 땀 고른 바늘땀이 한 치의 흐트러짐도 없었다.' 이렇게 썼다고 해보세요. 훨씬 상상력이 살아나겠지요? 푸른 빛깔과 차가운 물살, 매화향에서 시각과 촉각, 후각이 총동원되고요. 그리고 '아,

최랑이라는 여주인공이 수를 잘 놓는구나' 하며 인물에 대해 스스로 해석할 수도 있었을 테고요.

말하기(직접 제시)

서술자가 인물의 성격을
직접적으로 설명하는 방법(분석적 제시)

고전소설에서 많이 쓰임

하는 행동을 보면 알 수 있지

한번은 상준이 녀석과 어떡하다 쌈이 붙어서, 둘이 서로 부둥켜안고 구르면서, 이 자식아, 저 자식아, 죽어 봐, 때려 봐 하면서 한참 시방 때리고 제끼고 하는 참이었다.

 그러는 참인데 느닷없이

"고랏! 조셍고데 껭까 스루야쓰가 이루까," (이놈아! 조선말로 쌈하는 녀

네 정체를 밝혀라

석이 어딨어.)

하면서 구둣발길로 넓적다리를 걷어차는 건, 정신없는 중에도 뻠박

박 선생이었다.

이 장면은 일제 강점기를 배경으로 하는 채만식의 〈이상한 선생님〉이라는 소설의 한 장면이에요. 작가가 이상한 선생님이 어떤 선생님인지는 설명하고 있지 않지만 박 선생님이라는 사람의 행동과 대사를 보면 우리는 이 인물이 좀 이상한 선생님이란 걸 금방 알아챌 수가 있어요.

박 선생님은 아이들이 싸우고 있는데 왜 싸우는지 물어보지도 않고, 싸움을 말리기는커녕 조선말을 쓴다는 걸로만 혼내요. 거기다 아이들에게 자상하게 훈계하는 것이 아니라 다짜고짜 구둣발로 걷어차기까지 하고요. 독자는 이 부분을 읽으면서 '박 선생님은 보통 선생님들하고는 다르구나. 일본말만 쓰라고 하는 걸 보니 아주 철저한 친일파겠구나. 아이들을 사랑하는 마음도 없고 잘못하면 혹독하게 혼을 내는 인물이구나' 하는 점을 알 수 있어요.

〈이상한 선생님〉은 일제 강점기에 권력에 빌붙어 친일 행위를 하다가 광복 후 친미파로 변신한 박 선생님이라는 인물을 풍자한 소설이에요. 작가는 중간중간 말하기로 인물에 대

인물 묘사

한 설명을 제시하기도 하지만 주로 인물의 행동과 대사로 박 선생님이 어떤 사람인지 보여 줘요. 제목도 〈이상한 선생님〉 이라서 도대체 왜 이상한 선생님인지, 이 인물에 대해 어떻게 판단해야 하는지 모두 독자에게 맡기고 있어요.

보여 주기는 **간접 제시**라고도 해요. 인물의 말과 모습, 행동, 표정, 대화 등을 통해 인물의 성격을 간접적으로 드러내는 인물 제시 방법이에요. 이렇게 '보여 주기'를 하면 독자는 마치 눈앞에 소설 속 장면이 보이는 것같이 생생한 느낌을 받을 수 있어요. 적극적으로 상상하면서 인물의 성격과 장면을 이해할 수 있게 되고요. 이것은 마치 우리 눈앞에서 연극이 펼쳐지는 것 같은 효과를 가져온다고 해서 '극적 제시'라고도 한답니다.

'보여 주기'와 '말하기'는 각각의 장단점이 있어요. '말하기'의 가장 커다란 장점은 내용을 빠르게 전달할 수 있다는 거예요. 사실을 요약해 전달만 하면 되니 문장이 짧아지고 서술 시간을 단축할 수 있지요. 그리고 작가가 다 설명해 주니 인물을 판단하는 데 오해도 생기지 않아요. 하지만 단점은 독자가 내용을 추상적으로 받아들일 수 있다는 거예요. '수를 잘 놓는다'라고 하면 어떻게 수를 놓는다는 것인지 구체적인 인상이 느껴지지 않지요. 상상력이 제한되니 수동적으로 남의

네 정체를 밝혀라

보여 주기(간접 제시)

인물의 모습이나 행위를 묘사하거나
인물의 말과 행동을 통해
인물의 성격을 간접적으로 제시하는 방법

↓

현대소설에서 많이 쓰임

해석만 들으면서 읽는 느낌이 들기도 하고요.

'보여 주기'의 가장 커다란 장점은 시각, 청각, 후각, 촉각, 미각이라는 오감을 통해 적극적으로 장면을 상상할 수 있다는 거예요. 그러니 소설을 읽는 것이 아니라 자신이 직접 소설 속 주인공이 되어 경험하는 것 같아 생생한 느낌이 들어요. 반면 단점은 인물에 대한 서술자의 판단이 무엇인지 정확하게 알 수 없다는 거예요. 그리고 대화와 행동을 자세히 보여 주려니 문장이 길어지고 서술 속도도 느려질 수밖에 없어요.

대부분의 고전소설에서는 '말하기'를 많이 사용해요. 하지만 현대소설에서는 '말하기'와 '보여 주기'를 적절하게 섞어서

인물 묘사

사용하고 있지요. 소설을 읽을 때 '보여 주기'가 나오면 조금 긴장해야 한답니다. 소설가가 많은 분량을 할애해서 어떤 내용에 대해 쓴다는 것은 그만큼 중요하다는 뜻이거든요. 어떤 인물의 행동이나 모습, 대화가 길게 나온다면 그 인물이 어떤 인물인지 꼭 집중해서 살펴보세요.

그리고 '보여 주기'를 세밀하게 읽다 보면 글쓰기 실력도 향상됩니다. 장면이나 상황을 자세히 묘사하면 글이 훨씬 생동감 있고 풍성해지니까요.

네 정체를 밝혀라

문학 개념 쏙쏙

♡ 직접 제시(말하기)

뜻 : 서술자가 인물의 성격을 직접적으로 설명하는 방법

장점	단점
• 서술자가 인물의 성격, 심리를 오해 없이 독자에게 전달할 수 있음 • 내용을 빠르게 전달할 수 있음 • 서술 시간을 절약할 수 있음	• 추상적인 설명이 될 수 있음 • 독자가 내용을 수동적으로 받아들이게 됨

♡ 간접 제시(보여 주기)

뜻 : 인물의 모습, 행동, 대화 등을 통해 인물의 성격을 간접적으로

드러내는 방법

장점	단점
• 독자가 적극적으로 인물과 장면을 상상할 수 있음 • 오감을 통해 훨씬 생생한 느낌을 느낄 수 있음 • 자신이 직접 상황을 해석하면서 능동적으로 작품을 감상할 수 있음	• 서술자의 평가와 판단을 드러내기 어려움 • 서술 속도가 느려질 수 있음

11장

왜 그렇게
배치하는데?

구성

박완서 〈그 여자네 집〉,
양귀자 《원미동 사람들》, 전광용 〈꺼삐딴 리〉

2022년에 개봉한 영화 〈영웅〉의 첫 장면은 1909년 안중근 의사가 동지 11명과 조직한 비밀 결사, 단지동맹입니다. 그다음 장면은 2년 전으로 돌아가 고향에서 가족과 헤어지는 모습입니다. 마지막 장면은 안중근 의사가 사형 집행을 앞두고 있는 장면이고요.

　이렇게 영화를 보거나 소설을 읽다가 보면 사건의 앞뒤 순서가 뒤섞여서 나오는 경우가 많답니다. 소설가와 영화감독이 이렇게 이야기의 순서를 섞어 놓는 것은 바로 구성 때문입니다. 이야기를 최대한 재미있고 흥미진진하게 전달하기 위해 사건의 순서를 바꾸기도 하고 재구성하기도 하지요. 그래서 추리소설에서는 처음에 느닷없이 죽은 사람이 등장하고 나서 왜 죽었는지 누가 죽었는지 차근차근 찾아 나가곤 해요. 만약 추리소설에서 '이 사람이 범인이고 이렇게 범행을 저질러서 결과적으로 이런 사건이 발생했어' 이렇게 쓴다면 아무도 그 소설을 읽지 않겠지요?

왜 그렇게 배치하는데?

소설은 작가가 이야기를 꾸며서 쓰는 글이에요. 그러다 보니 새로운 인물도 만들어야 하고 그 인물이 겪는 사건도 만들어야 해요. 그리고 이야기가 전개되는 장소도 있어야 할 거고요. **구성(플롯)**은 바로 이렇게 **인물, 사건, 배경**을 이용해 작가가 이야기를 만든 틀이랍니다. 소설의 구성을 짤 때 작가는 자신이 강조하고 싶은 것이나 주제에 따라 사건들의 순서를 바꾸기도 하면서 최대한 독자들의 호기심을 불러일으키는 이야기를 만들려고 노력한답니다. 그리고 이것을 발단-전개-위기-절정-결말의 단계로 전개해 나가는 거고요.

소설의 구성

소설: 있음 직한 이야기를 상상해서 쓴 허구의 이야기

소설의 구성: 인물, 사건, 배경 등의 요소를 의도적으로 짜임새 있게 배열하는 방법, 인과관계에 따라 사건을 재구성해 배열하는 방법

구성에도 단계가 있다고?

소설은 사건의 진행 과정에 따라 **발단-전개-위기-절정-결말의 구성 단계**를 거쳐요. **발단** 부분에서는 인물이나 배경을 주로 소개하고 사건의 실마리를 드러내지요. 그래서 소설의 첫 페이지만 읽어도 어떤 장소에서, 어떤 시간대에, 어떤 인물이 등장하고, 무슨 일에 대한 것인지 바로 알 수 있어요. **전개**는 사건이 본격적으로 진행되는 부분이에요. 갈등이 겉으로 드러나고, 앞으로 다가올 사건을 암시하기도 하는 부분이지요. **위기**는 갈등이 고조되고 심화되는 단계예요. 즉, 사건을 둘러싼 인물들 간의 대립과 갈등이 점점 커지는 부분이에요. 그리고 이러한 갈등은 **절정** 부분에서 최고조에 이른답니다. **결말**은 인물들 사이에서 벌어진 모든 갈등과 위기가 해소되고 주인공의 운명이 결정되고 주제가 드러나는 단계예요.

주제는 등장인물의 말을 통해 명확히 드러나기도 하고, 때로는 열린 결말로 끝맺어 명확히 드러나지 않은 채 여운을 남기기도 합니다.

왜 그렇게 배치하는데?

중심 사건의 수가 달라

소설 속에서 발생하는 중심 사건의 수에 따라 단일 구성과 복합 구성으로 나눌 수 있어요. **단일 구성**은 중심 사건이 하나인 구성 방식이에요. 사건이 단 하나이니 통일된 인상을 주고 압축된 긴장감을 나타내는 방식이지요. 그리고 중심 사건이 하나이다 보니 분량이 짧은 단편소설에서 주로 쓰는 구성이고요. 예를 들어 〈하늘은 맑건만〉을 보면 문기와 수만이가 거스름돈을 둘러싸고 갈등하는 하나의 사건을 중심으로 소설이 진행되잖아요. 이런 것이 단일 구성이에요.

　복합 구성은 중심 사건이 두 개 이상인 소설의 구성 형식이에요. 중심 사건이 여럿이다 보니 주로 장편소설에 많이 나타나지요. 여러분이 지금까지 읽어 온 한 권 분량의 소설들은 대부분 복합 구성의 방식을 취해요. J.K. 롤링의 '해리 포터' 시리즈 같은 책을 보면 끝없이 많은 사건이 얽히고설켜서 이야기가 진행되잖아요. 이런 소설들을 복합 구성이라고 생각하면 됩니다.

구성

시간의 흐름에 따른 평면적 구성

소설의 구성 방식은 사건의 진행 방식에 따라서도 달라져요. 평면적 구성과 입체적 구성으로 나눌 수 있지요. **평면적 구성**은 시간의 흐름대로 사건이 진행되는 구성 방식이에요. 다른 말로 순행적 구성이라고도 해요. 보통 고전소설에서 시간의 흐름에 따라 인물이 태어나고 자라고 출세하여 이름을 세상에 떨치며 부귀영화를 누리다가 죽게 되는 이야기가 다 여기에 속해요. 초등학교 때 많이 봤던 위인 전기 같은 책들도 보통 이런 평면적 구성을 취하고 있어요. 아침→점심→저녁, 봄→여름→가을→겨울, 과거→현재→미래 등 시간의 순서에 따라 진행되는 모든 이야기가 평면적 구성이에요.

평면적 구성의 장점은 뭘까요? 사건이 시간의 순서대로 전개되니 사건을 오해하거나 잘못 해석하는 일이 없겠지요? 그리고 사건의 원인과 그 사건이 일어나게 된 배경을 전부 다 알고 있으니 왜 그런 사건이 발생했는지도 쉽게 파악할 수 있을 거예요. 하지만 만약 추리소설 같은 것을 평면적 구성으로 쓴다고 생각해 보세요. 추리할 것도 없고 궁금할 것도 없어 마치 육하원칙에 따라 쓴 신문 기사를 읽고 있는 기분이겠지요?

왜 그렇게 배치하는데?

현재와 과거를 오가는 입체적 구성

입체적 구성은 시간의 흐름을 바꿔서 사건을 진행하는 방식이에요. 다른 말로는 역순행적 구성이라고도 해요. 영화나 소설에서 현재→과거→현재→미래 이런 식으로 현재와 과거를 오가며 시간이 뒤섞여 있으면 입체적 구성이라고 생각하면 된답니다.

전광용이 쓴 〈꺼삐딴 리〉의 구성을 한번 살펴볼까요? 〈꺼삐딴 리〉는 급변하는 우리나라의 현대사 속에서 시대에 맞게 처세하고 대응하는 한 인물의 삶을 통해 기회주의자의 삶을 비판하는 내용이에요. 구성 단계를 보면 현재→과거(일제 강점기)→과거(해방 후)→현재로 이루어져 있어요. 현재와 과거를 오가며 이야기가 진행되지요? 그래서 역순행적 구성이라고 해요.

먼저 발단 부분에서 현재 종합병원의 원장인 이인국은 수술을 마치고 딸이 미국인과 결혼한다는 편지를 받고 고민하고 있어요. 그리고 미 대사관을 향해 차를 타고 가면서 과거를 회상하기 시작해요. 여기서부터 독자는 '이인국의 딸은 왜 미국인과 결혼하게 되었을까? 이인국은 왜 미 대사관에 가고 있을까? 그 이유가 뭐지?'하고 궁금해하면서 이야기에 몰입

하게 되지요. 만약 작가가 평면적 구성으로 모든 이유를 미리 알려 줬다면 재미가 없었겠죠?

그리고 과거의 이야기 속에서 일제 강점기에는 이인국이 철저한 친일파였다는 것, 또 해방 후에 소련의 치하에 있을 때는 친소파였다가 월남한 후에는 친미파로 변했다는 것을 알게 돼요. 그래서 딸을 미국인과 결혼시키는 김에 자신도 미국으로 가고 싶어 한다는 것을 알 수 있어요. 작가는 이인국이라는 인물의 과거에 대해 어느 정도 이야기를 한 후 다시 현재로 돌아오는 거지요.

그럼 〈꺼삐딴 리〉의 구성에서 중요한 부분은 어디일까요? 맞아요, 과거 부분이에요. 작가가 인물의 비밀을 털어놓고 현재의 이인국을 있게 한 모든 사건이 다 과거 부분에서 설명되니까요. 그래서 이 소설은 현재의 이야기를 하다가 갑자기 과거의 이야기로 돌아갔다 오는 거예요.

이렇게 입체적 구성으로 글을 쓰는 경우 작가들은 과거 부분이 시작되는 부분과 끝나는 부분을 정확하게 글 속에 표현해요. 그래야 독자가 헷갈리지 않고 과거로 갔다가 다시 현재로 돌아올 수 있으니까요.

그럼 이런 입체적 구성을 사용하는 이유는 무엇일까요? 사건을 평면적 구성으로 주욱 서술하면 과거의 일을 모두 알

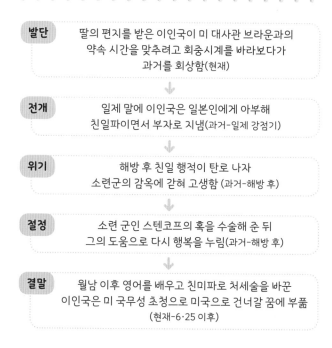

발단	딸의 편지를 받은 이인국이 미 대사관 브라운과의 약속 시간을 맞추려고 회중시계를 바라보다가 과거를 회상함(현재)
전개	일제 말에 이인국은 일본인에게 아부해 친일파이면서 부자로 지냄(과거-일제 강점기)
위기	해방 후 친일 행적이 탄로 나자 소련군의 감옥에 갇혀 고생함 (과거-해방 후)
절정	소련 군인 스텐코프의 혹을 수술해 준 뒤 그의 도움으로 다시 행복을 누림(과거-해방 후)
결말	월남 이후 영어를 배우고 친미파로 처세술을 바꾼 이인국은 미 국무성 초청으로 미국으로 건너갈 꿈에 부풂 (현재-6·25 이후)

게 되어서 소설의 내용에 대해 호기심과 궁금함이 없어지니까요. 그러면 긴장감과 집중력도 덜하겠지요? 하지만 입체적 구성으로 소설을 쓰게 되면 독자는 현재의 결과를 보고 '왜 그런 일이 일어났을까?' 하는 궁금증이 생길 수밖에 없을 거예요. 그래서 대부분의 현대소설에서는 주로 입체적 구성을

사용하고 있답니다.

소설을 액자 속에 넣는다고?

이야기의 구성 형태에 따라서 액자식 구성, 피카레스크 구성, 옴니버스식 구성으로 나눌 수도 있어요.

　액자는 사진이나 그림을 넣는 틀을 이야기하잖아요. **액자식 구성**은 말 그대로 액자라는 외부 이야기(외화) 속에 내부 이야기(내화)를 담은 거예요. 즉, '이야기 속 또 하나의 이야기'를 뜻해요. 액자에서 중요한 것은 그 속에 담겨 있는 사진이나 그림이잖아요? 액자식 구성도 마찬가지예요. 그 속에 담겨 있는 내부 이야기가 바로 이야기의 핵심이 되는 거랍니다. 보통 외부 이야기는 내부 이야기를 도입하는 역할, 내부 이야기를 객관화해서 정말 있었던 이야기라고 믿도록 신빙성을 더해 주는 기능을 해요.

　박완서의 〈그 여자네 집〉을 한번 살펴볼까요? 〈그 여자네 집〉은 작가인 주인공 '나'가 북한 동포 돕기 시 낭송회에서 〈그 여자네 집〉을 낭송하면서 과거를 회상하는 식으로 이야기를 시작하고 있어요. 외부 이야기는 작가인 '나'의 현재 이야기이고, 내부 이야기는 과거에 겪은 회상 이야기가 되는 거예요. 이렇게 되면 독자들은 정말 소설가인 박완서가 겪은 이야기처럼 내부 이야기를 받아들이게 되지요. 이렇게 액자식 구성의 외부 액자는 내부 이야기를 꺼내는 계기를 마련해 주고 진짜처럼 믿게 해주는 역할을 해요.

외부 이야기에서 작가인 '나'는 시를 읽으면서 일제 강점기인 과거 고향 마을의 곱단이와 만득이의 이야기를 떠올려요. 내부 이야기 속에서 만득이와 곱단이는 마을 사람들의 부러움의 대상이었어요. 서로 예쁜 사랑을 나누는 사이였고요. 그런데 일제 강점기다 보니 만득이가 갑자기 징병을 가게 된 거예요. 가기 전 급히 혼사를 치르자고 양가 부모님이 설득하지만 만득이는 혼사를 치르지 않고 마을을 떠나요. 얼마 지나지 않아 처녀들을 정신대로 끌고 간다는 소식이 들리기 시작해요. 불안에 떨던 곱단이 부모님은 어쩔 수 없이 한 번 결혼했던 중년의 남자에게 곱단이를 시집보내고 말아요. 해방 후 만득이는 무사히 돌아왔으나 곱단이는 신의주로 떠났고, 고향 마을은 삼팔선 이남이 되어 분단까지 되어 버렸어요. 결국 만득이는 고향 처녀인 순애와 결혼하게 되고, 그 후 나와는 소식이 끊어지게 되지요. 그런데 세월이 흐른 후 고향 군민회

모임에서 '나'는 만득과 순애 부부를 만납니다. 그리고 순애로 부터 만득이가 여전히 곱단이를 가슴속에 품고 산다는 얘기를 듣게 되지요. 그 후 순애가 그것을 평생의 한으로 간직한 채 세상을 떴다는 이야기를 듣게 되고요.

하지만 세월이 지난 뒤 정신대 할머니를 돕기 위한 모임에서 만득을 만난 '나'는 순애의 말이 오해였음을 알게 된답니다. 그 자리에서 만득이는 전쟁이 직접적으로 피해를 받은 이들뿐 아니라 간접적으로 받은 이들에게도 모두 고통을 줬다며 울먹이며 말하는 거예요.

액자소설의 구성 단계별로 외화와 내화를 살펴보면, 다음과 같이 정리할 수 있어요.

- 발단: 김용택의 시 「그 여자네 집」을 통해 고향의 만득이와 곱단이를 떠올림(현재-외화)
- 전개: 만득이와 곱단이의 사랑 이야기(과거-내화)
- 위기: 만득이와 곱단이의 이별(과거-내화)
- 절정: '나'와 만득이의 만남(현재-외화)
- 결말: 장만득 씨의 고백(현재-외화)

도입부의 액자에서 작가는 〈그 여자네 집〉이라는 시를 실

왜 그렇게 배치하는데?

제 시인인 김용택 시인의 작품으로 인용하고 있어요. 게다가 주인공의 직업도 작가이다 보니 독자들은 당연히 내부 이야기가 진짜 있었던 이야기라고 믿게 되는 거지요. 이것이 외부 이야기인 액자의 역할이에요. 그리고 내부 이야기에서 작가가 진짜 하고 싶은 말들을 다 합니다. 우리 근현대사의 비극인 일제 강점기 정신대와 징용 문제, 해방 이후 삼팔선으로 이산가족이 생기는 과정, 6·25로 인한 민족 분단의 고착화 등이 다 내부 이야기 속에 있어요. 그리고 다시 장만득 씨를 실제로 만났다고 하며 외부 이야기로 나와 다시 한번 민족의 비극이 개인의 비극이 아니라 우리 민족 전체의 비극이고 고통이었음을 강조하며 소설을 끝내지요.

때로 작가들은 조선 시대 소설인 《구운몽》처럼 꿈의 형태로 내부 이야기를 가지고 오기도 하고, 〈무녀도〉처럼 집 안에 오랫동안 보관해 오던 액자 속 그림의 주인공 이야기를 하는 식으로 내부 이야기를 표현하기도 해요. 김동리가 쓴 〈등신불〉이라는 소설의 주인공 '나'는 직접 본 불상과 얽힌 이야기에 대해 쓰기도 하고요.

이렇게 액자소설의 내부 이야기는 보통 '나'로 등장하는 도입부의 인물이 직접 겪었거나 들었거나 봤거나 하는 식으로 전개된답니다. 그럼 독자가 어떤 반응을 보이겠어요? '와! 이

구성

이야기는 정말 있었던 이야기구나!' 하고 생각하지 않을까요? 액자식 구성을 쓰는 이유는 바로 그런 효과를 노리기 위해서랍니다.

이제 소설 속에 또 소설이 있다면 그건 액자소설이라고 생각하면 됩니다. 그리고 외화보다 내화가 더 중요한 이야기구나 하고 생각하고 집중해 보세요. 작가가 과거와 현재를 오가며 소설을 쓰고 있다면 '현재 이야기 속 수수께끼의 답은 과거 이야기 안에 있겠구나' 생각하고 소설을 읽어 나가면 되고요.

하나의 제목이나 주제로 연결된 다양한 이야기

피카레스크식 구성? 말이 굉장히 어렵지요? 하지만 이렇게 생각하면 쉽답니다. 짱구나 뽀로로, 도라에몽 같은 애니메이션을 떠올려 보세요. 항상 등장인물은 같고 배경도 비슷한데 그때그때 발생하는 사건은 달라서 독립적인 이야기를 계속하는 거요. **피카레스크식 구성**은 보통 하나의 주제나 제목 아래 몇 개의 독립된 이야기가 모여 있답니다.

옴니버스식 구성? 메타버스는 들어 봤는데 옴니버스는 처음 들어 봤다고요? 피카레스크 구성이 등장인물과 배경은 같고 사건만 다양하게 나온다면 반대로 **옴니버스식 구성**은 다른 주인공과 다른 이야기를 비슷한 주제 아래 함께 묶은 거예요. 그래서 등장인물 사이에 관련성도 없고 배경도 다 다르답니다. 우리나라 문학작품 중에는《봉산 탈춤》이 대표적인 예랍니다. 여러 개의 막으로 구성되어 등장인물도 다 다르지만 양반 사회를 풍자하고 비판하는 주제 아래 내용을 묶어서 진행하니까요. 교과서에 나오는 양귀자의《원미동 사람들》도 옴니버스식 구성의 대표적인 예랍니다.

《원미동 사람들》은 대표적인 연작소설이에요. 원미동에 싱싱청과물이라는 가게가 새로 생기지만 기존에 있던 김포 슈퍼와 형제 슈퍼의 상인들이 자신들의 이익이 줄어들까 봐 결국에는 그 가게를 내쫓는다는 이야기지요. 자신들의 이해관계에 따라서 살아가는 사람들의 속물적인 근성을 보여 주는 소설입니다.

하지만 이 내용이 소설의 전부는 아니에요.《원미동 사람들》에는 이 외에도 다른 이야기가 많이 존재합니다. 아들의 빚을 탕감하기 위해서 몇 억짜리 땅을 처분해 버리는 강 노인의 이야기인 〈마지막 땅〉, 동네 사람들의 무시를 받아 가며 살아가는 몽달 씨라는 별명을 지닌 〈원미동 시인〉, 돈을 떼인 경험이 있으면서도 성실하게 살아가는 임 씨의 이야기를 담은 〈비오는 날은 가리봉동에 가야 한다〉 같은 소설 등이랍니다.

이렇게 옴니버스식 구성은 일어나는 사건뿐만이 아니라 인물과 배경도 전혀 다른 독자적인 이야기를 한데 묶어 놓은 구성을 뜻합니다.

12
장

아름다움이 내게
말을 걸어올 때

심미적 체험

양귀자 《길모퉁이에서 만난 사람》,
김해원 〈봄이 온다〉

소설은 우리 주변에 있음 직한 일들을 상상해서 쓴 글이에요. 그래서 소설가들은 우리 주변에서 흔히 볼 수 있는 사람들을 소설 속으로 끌어와요. 마치 자신이 직접 그 사람을 만나거나 그런 일을 겪은 일처럼 담담하게 글을 써 나가곤 하지요.

　대부분의 소설은 등장인물 간의 갈등을 바탕으로 이야기가 흘러가곤 해요. 하지만 어떤 소설은 글 속에 아무런 갈등이 나타나지 않기도 하지요. 심지어 소설인지 수필인지 헷갈리게 하는 경우도 있어요. 주인공이 자신의 일과와 주변의 사소한 일들을 써 내려가 마치 소설가의 일기장을 읽는 듯한 느낌을 주는 소설도 있고요.

　우리는 이처럼 다양한 소설을 읽으면서 등장인물의 삶의 모습, 개성, 이야기가 진행되는 배경, 소설가가 사용한 다양한 표현 등을 보고 이야기가 주는 아름다움과 감동을 느껴요. 이것을 문학의 **심미적 체험**이라고 해요. 심미란 '살피다'는 뜻의 심(審), '아름답다'는 뜻의 미(美)를 써서 '아름다움을

아름다움이 내게 말을 걸어올 때

자세히 살피는 일'이라는 뜻이랍니다.

그렇다면 심미적 체험은 예쁘고 좋은 이야기나 장면에서만 느낄 수 있을까요? 그렇지는 않답니다. 이탈리아 화가 보티첼리의 조각상인 〈피에타〉를 예로 들어 볼게요. 이 작품은 죽은 아들인 예수를 안고 있는 마리아의 슬픔을 표현한 위대한 조각이에요. 아들이 죽었을 때 어머니가 느끼는 심정은 상상할 수 없을 정도로 비통할 거예요. 대부분의 부모는 자식이 죽으면 자식과 함께 자신의 미래와 삶조차도 사라졌다고 생각할 만큼 큰 슬픔을 느낀다고 하니까요. 그래서 이 조각 속에는 인간이 느낄 수 있는 모든 고통과 슬픔이 담겨 있어요. 그러나 이 작품을 보는 사람들은 어떤가요? 고통과 슬픔에 공감하면서도 고통을 승화한 예술 작품의 아름다움을 느낄 수 있지요. 그것이 바로 〈피에타〉를 본 사람들이 느끼는 심미적 체험이에요.

소설도 그림이나 조각과 마찬가지예요. 소설을 심미적으로 체험하는 것은 이야기 속에 드러나는 아름답고 추하며 슬프고 우스꽝스럽기도 한 삶의 여러 장면을 보고, 그 이야기에 공감하면서 이야기가 주는 아름다움과 감동을 느끼는 일이지요. 거기에 더해 주인공과 자신의 삶의 경험을 비교하며, 내 주변에도 그와 비슷한 일이 있나 생각하며 적극적으로 작품을 읽는다면 이야기의 아름다움을 훨씬 더 깊이 느낄 수 있을 거예요.

혼자서는 지혜로울 수 없다

"그 누구도 혼자서는 지혜로울 수 없다."

고대 그리스의 희극 작가 플라우투스의 말이에요. 인간은 혼자서는 살 수 없고 결국 주변의 사람들과 끝없이 관계를 맺고 배워 나가며 사색할 때 지혜로워진다는 뜻이지요.

양귀자의 《길모퉁이에서 만난 사람》이라는 소설도 주인공이 주변 사람들에게서 삶의 지혜를 배워 나가는 이야기예요. 특이한 점은 주인공이 만나는 사람들이 말 그대로 우리가 흔히 걸어 다니는 길모퉁이에서 만날 수 있는 사람들이라는 거죠. 집에서 학교를 갈 때 길모퉁이를 돌면 만나게 되는 경비원 아저씨, 노점상 주인, 편의점 주인, 이웃 할머니, 김밥 가게 아주머니, 학교 친구까지. 모두 소설에 등장하는 인물이에요. 그럼 이 사람들 사이에 무슨 특별한 갈등이나 사건이 생기는 걸까요? 그렇지 않아요. 이 소설은 특별한 갈등도 극적인 사건이라 할 만할 것도 없이 일상적인 일들에 대해 쓰고 있어요.

　분식집에서 김밥을 마는 아주머니를 깊이 관찰해 본 적이 있나요? 경비원 아저씨가 분리수거하는 모습을 천천히 바라본 적은요? 《길모퉁이에서 만난 사람들》의 작가는 일상생활 속에서 흔히 볼 수 있는 사람들을 깊이 관찰하고 자신의 일에 최선을 다하는 모습에서 감동을 받으며 그 속에서 진정한 예술가의 모습을 찾아내요. 자신이 만든 작품인 김밥에 대해 자부심을 가지고 있고 최선을 다해 작품을 만들어 내는 김밥 장수 아주머니, 자신이 파는 채소의 품질에 대해 자부심이 있고 전문적인 지식이 있으며 자신이 판 물건(배추)이 어땠는지 고객 만족도까지 확인하는 빵떡모자 아저씨, 느리지만 자신의 일을 빈틈없이 해내고 주위 사람들이 별명을 부르면서 놀려도 주변을 늘 편하게 해주는 김대호 씨라는 사람이 그들이에요. 김밥을 마는 일, 채소를 파는 일, 회사에서 전화를 받는 일은 소설로 쓸 내용이 있을까 싶을 정도로 주변에서 흔히 볼 수 있는 모습이에요. 하지만 작가는 이렇게 평범한 이웃들의 삶을 애정을 가지고 섬세하게 관찰해 소설로 썼어요.

　발단-전개-위기-절정-결말의 구성도 없는 소설. 하지만

'행복한 삶이란 뭐지? 돈을 많이 버는 것이 행복한 걸까?' 하고 성찰하게 하는 작품. 이 소설을 읽으면 평범한 삶도 어떻게 보고 생각하느냐에 따라 큰 가치가 있다는 것을 깨닫게 되지요.

작품 속에 나오는 평범한 이웃들의 모습을 보면서 주변 사람들을 떠올려 보았나요? 매일 스치듯 보지만 내 인생에 영향을 준 사람, 나의 '길모퉁이에서 만난 사람'은 누구일까 생각해 보았나요? 태권도 학원 선생님, 우리 엄마, 교회 선생님, 슈퍼 아줌마, 학급 친구가 다시 보이게 되는 기적이 일어났나요? 《길모퉁이에서 만난 사람》을 읽으며 이런 생각을 하고 감동을 느꼈다면 아름다움을 체험했다고 할 수 있어요. 그것이 바로 소설을 읽고 우리가 느끼는 심미적 체험이에요.

《길 모퉁이에서 만난 사람》에 나타난 심미적 체험

평범한 이웃들의 모습을 보면서 내 주변 사람들에 대해 다시 생각해 보는 것. 내가 매일 봐왔고 스쳐 지나갔지만 내 인생에 영향을 준 사람, 즉 나의 '길모퉁이에서 만난 사람'은 누구일까 생각해 보는 것

아름다움이 내게 말을 걸어올 때

꿈이 없어도 괜찮아

〈봄이 온다〉는 평범한 어촌 마을에서 할아버지와 단둘이 살고 있는 여중생의 이야기예요. 주인공 호정이는 주변에서 흔히 볼 수 있는 아이예요. 특별한 장래 희망이나 꿈은 없지만 친구들과 사이좋게 지내고 아르바이트를 한 돈을 모아 나중에 무엇을 할까 하는 소소한 고민을 하는 친구지요. 그런데 아직은 초보인 선생님의 '어서 꿈을 가지라'는 말을 듣고 갑자기 요리사라는 꿈을 꾸게 되고요.

여러분은 혹시 이런 경험 없나요? 친구들은 모두 장래 희망과 꿈이 있는데 나만 없어서 초조한 경험. 담임선생님이 생활기록부에 무언가 써야 한다고 말씀하시는데 딱히 되고 싶은 것이 없어서 난감했던 경험 말이에요.

하지만 호정이의 할아버지인 정 노인은 사춘기 손녀와는 다른 생각을 가지고 있어요. 성공만 추구하는 삶은 헛되며, 대학 공부보다 자신이 일하는 분야에서 전문성을 갖추는 것이 더 중요하다고요. 자신도 구둣가게를 차리고 싶은 꿈이 있지만, 마지막에 그 구둣가게를 차릴 수 있는 고래를 잡았어도 바다에서 다 잡았던 고래를 풀어 주며 생명의 소중함을 손녀에게 가르쳐 줘요. 심지어 모든 사람이 꿈은 꼭 있어야 한다

심미적 체험

고 말하지만 할아버지는 꿈이 없어도 괜찮다고 말해 줘요.

　이 소설은 나만 꿈이 없는 것은 아닌가 불안해하는 청소년들의 마음을 다독여 주고, 꼭 무엇인가가 되지 않아도 좋다는 위로의 말을 전하고 있어요. 꿈이 뭐냐고 끝없이 묻는 선생님과 부모님 사이에서 무엇이든 꿈을 빨리 정해야 한다고 생각하는 강박관념은 이 소설을 읽는 동안 자연스럽게 내려놓을 수 있어요. 그래서 이 소설을 읽고 나면 자신의 꿈과 그 꿈을 갖게 된 이유에 대해 생각해 보면서 호정이와 나란히 앉아 천천히 도란도란 대화를 나누는 기분을 느끼게 되지요.

　소설을 읽고 감동을 느끼고 심미적 체험을 한다는 말은 어려워 보이지만 사실 그리 특별한 것이 아니에요. 앞으로는 소설을 읽으며 소설의 주인공과 대화를 나눠 보세요. 소설 속에서 어떤 부분이 아름다웠는지 생각해 보세요. 그림을 보거나 음악을 들을 때, 또는 일상생활에서도 그 속에서 아름다움을

〈봄이 온다〉를 읽고 느끼는 심미적 체험

　소설을 읽으며 소설의 주인공과 대화를 나눠 보는 것. 그리고 소설 속에서 어떤 부분이 아름다웠는지 생각해 보는 것

아름다움이 내게 말을 걸어올 때

느끼는 심미적 체험을 하려고 노력한다면 여러분은 이미 소설을 깊이 있게 읽는 훌륭한 독자라 할 수 있을 거예요.

♡ 문학의 심미적 체험

- 소설을 읽으면서 등장인물의 삶의 모습, 개성, 이야기가 진행되는 배경, 소설가가 사용한 다양한 표현 등을 보고 이야기가 주는 아름다움과 감동을 느끼게 되는 일

- '심미'란 '아름다움을 자세히 살피는 일'이라는 뜻

13
장

반대로 말하면
약오르지?

반어와 풍자

박지원 〈양반전〉, 전광용 〈꺼삐딴 리〉,
전영택 〈화수분〉, 채만식 〈태평천하〉

"너 방학 동안 왜 그렇게 살이 많이 쪘어? 진짜 뚱뚱해졌네."

방학이 끝나고 만난 친구가 다짜고짜 이렇게 말하면 기분 좋은 사람이 있을까요? 하지만 같은 이야기라도 "너 아주 건강해 보인다. 운동 많이 했나 봐"라고 이야기하면 기분이 좋지 않나요? 이렇게 속뜻은 비슷해도 표현에 따라 말과 글은 굉장히 다른 느낌을 줍니다.

평범한 일상의 말도 이런데 시나 소설 속의 표현은 어떨까요? 시인이나 소설가가 발상과 표현을 어떻게 달리하느냐에 따라 같은 제목이나 소설 속의 의미도 아주 다르게 다가오겠지요? 반어, 역설, 풍자는 다양한 표현과 발상을 다루는 문학 단원의 대표적인 표현 방법이에요. 그중 역설은 시에서 많이 사용되는 표현 방법이고, 소설 단원에서는 주로 반어와 풍자가 중요한 역할을 한답니다.

반어는 화자가 말하고자 하는 의도와 반대로 표현하는 것을 뜻해요. 이렇게 표현하면 말의 뜻을 다시 한번 생각하게

반대로 말하면 약오르지?

되어 실제로 말하고자 하는 바를 더 강조할 수 있기 때문이지요. 예를 들어 여러분이 교실에서 막 떠들고 있을 때 선생님이 들어오시면서 "이 반은 정말 조용하구나"라고 말씀하시는 장면을 떠올려 보세요. 아이들은 '정말 우리 반이 조용하다는 말씀이실까?' 하고 생각해 보고 '사실은 우리 반이 매우 시끄럽다는 것을 반대로 말씀하시는 거구나' 하고 깨닫게 되는 거지요.

고구려 시대 을지문덕 장군이 지었다는 〈여수장우중문시〉에도 반어법이 사용되었어요.

신책구천문(神策究天文)　　귀신 같은 책략은 하늘의 이치를 다했고

묘산궁지리(妙算窮地理)　　오묘한 꾀는 땅의 이치를 깨우쳤네

전승공기고(戰勝功旣高)　　싸움에서 이긴 공이 이미 높으니

지족원운지(知足願云止)　　만족함을 알고 그만두기를 이르노라

고구려의 명장 을지문덕 장군이 수나라 장수인 우중문에게 써 보낸 시예요. 앞부분은 우중문의 뛰어난 전략을 칭찬하고 있어요. 하지만 마지막 부분에 이르러서는 '그만 만족하고 돌아가라'고 하며 우중문을 비아냥거리고 조롱하는 뜻이 담겨 있는 걸 알 수 있지요? 이 시를 받은 우중문은 자존심이

반어와 풍자

상하고 너무나 화가 나서 앞뒤 안 가리고 쳐들어왔다가 살수대첩에서 크게 패하게 돼요. 반어적인 표현 하나가 때로는 전쟁의 승패를 좌우하게 되고, 역사를 바꿀 힘도 있다는 증거겠지요?

그럼 '풍자'는 무슨 의미일까요? **풍자**는 한마디로 개인이나 사회의 부정적인 현상 또는 대상을 웃음거리로 만드는 표현 방법이에요. 사회 현실을 비판하기 위한 신문의 만평이 대표적인 예지요. 풍자적인 표현은 일부러 대상을 과장하거나 왜곡하거나 비꼬기도 해서 언어유희라고 부르기도 한답니다.

반대로 말하면 약오르지?

♡ 반어

화자가 말하고자 하는 의도와 반대로 표현하는 것

→ 말하고자 하는 것을 강조하기 위한 목적

♡ 풍자

개인이나 사회의 부정적인 현상이나 대상을 웃음거리로 만드는 표현 방법.

언어유희라고도 함

→ 상황이나 상대를 비판해 공격함으로써 잘못을 바로잡고 상황을 개선

   하려는 목적

제목은 미끼일 뿐이고

전광용의 〈꺼삐딴 리〉는 반어적인 표현을 제목에 잘 활용한 소설이에요. 1919년 일제 강점기부터 광복 후 1960년대까지가 소설의 배경이랍니다. 〈꺼삐딴 리〉의 주인공인 이인국 박사는 일제 강점기에는 친일파로, 해방 후 북한 지역에서는 친소파로, 남한으로 왔을 때는 친미파로 카멜레온처럼 변신하는 기회주의자의 전형이에요. 자신의 출세와 이익을 위해서는 민족을 배신하는 것도, 자식을 소련으로 유학 보내는 것도, 민족의 문화재를 외국인에게 넘기는 것도 아무렇지 않게 생각하는 인물이지요. 의사지만 병든 환자를 치료하는 일에는 아무 관심이 없고 철저히 자신의 이익을 위해서만 일하기 때문에 사실 '이인국 박사'라는 표현도 주인공을 조롱하는 표현으로 들릴 정도고요.

그런데 이 소설의 제목인 〈꺼삐딴 리〉는 러시아어 카피탄(Kапитан; Captain)의 와전된 표기입니다. 말 그대로는 '어느 단체의 우두머리'라는 뜻이에요. 즉, 전혀 '캡틴'답지 않은 이인국 박사를 '캡틴'이라 칭하며 조롱하는 반어적인 제목이지요.

이 소설은 일제 강점기부터 해방 직후, 6·25 전쟁에 이르는 당시 한국 사회의 혼란스러운 분위기를 보여 줍니다. 특히 민족의 지도층인 척하지만 실제로는 자신의 이익만을 위해 친일파로 살았던 인물들의 삶을 비판하는 작품이라고 할 수 있어요.

반어법으로 제목을 단 소설 중 대표적인 것이 전영택의 〈화수분〉이라는 작품이에요. 소설의 제목인 화수분은 '계속 보물이 나오는 보물단지'를 뜻해요. 그 안에 온갖 물건을 담아 두면 아무리 써도 줄지 않는 단지로, 중국 진시황 때 만들어진 말이에요. 만리장성을 쌓을 때 군사 10만 명을 시켜 중국 황허강의 물(황하수)을 구리로 만든 큰 항아리에 담았는데 항아리가 너무나 커서 아무리 써도 물이 줄어들지 않는다는 단지 같았다고 해요. 그래서 '하수분(河水盆)'이라고 했대요.

하지만 〈화수분〉의 주인공은 자신의 이름인 화수분처럼 부자는커녕 정말 가진 것이 하나도 없어 딸을 이웃집으로 보내야 할 정도로 가난에 시달리는 인물이에요. 게다가 부자로 살라고 이름 붙여 준 화수분의 작은 형 이름은 '거부(巨富)'지만 작은 형 역시 전혀 거부가 아닌 인물로 등장하지요. 〈화수분〉은 일제 치하의 궁핍한 우리나라 사람들의 삶을 제목과는 상반되는 내용과 결말을 통해 극명하게 보여 주고 있어요.

채만식의 〈태평천하〉도 반어법을 사용하고 있는 대표적인 소설이에요.

반어와 풍자

"화적패가 있너냐아? 부랑당 같은 수령들이 있너냐? … 재산이 있대야 도적놈의 것이요, 목숨은 파리 목숨 같던 말세넌 다 지내가고오 … 자 부아라, 거리거리 순사요, 골골마다 공명헌 정사, 오죽이나 좋은 세상이여 … 남은 수십만 명동병(動兵)을 히여서, 우리 조선놈 보호히여 주니, 오죽이나 고마운 세상이여? 으응? … 제 것 지니고 앉아서 편안허게 살 태평세상, 이걸 태평천하라구 허는 것이여 태평천하! … 그런디 이런 태평천하에 태어난 부자놈의 자식이, 더군다나 왜 지가 떵떵거리구 편안허게 살 것이지, 어찌서 지가 세상 망쳐 놀 부랑당패에 참섭을 헌담 말이여, 으응?"

〈태평천하〉의 등장인물은 일제 강점기를 태평천하라고 하면서 일본 경찰이 사람들을 지켜 주고, 일본이 공명정대하게 나라의 정치를 하며, 군대까지 동원해서 나라를 지켜 주니 너무나 살기 좋은 세상이라고 말을 해요. 작가는 친일 지주들과 금융 자본가들을 풍자하기 위해 반어법으로 일제 치하를 '태평천하'라고 표현한 거예요. 주인공 윤직원 영감은 소작인들이 지주에게 바치는 소작료와 고리대금, 농민과 서민을 착취해 쌓은 재산으로 안락하게 살아가는 사람이에요. 그리고 그 아들들도 주색잡기에 빠져서 살아가고 있지요. 윤직원의 손자 중 일본에서 대학교를 다니던 중에 사회주의 운동에 투신

한 지식인 종학만이 유일하게 바른 생각을 품고 있는 인물로 등장하지요.

〈태평천하〉는 반어적인 표현과 함께 일제 강점기 농민들을 착취해 부를 누리던 사람들을 비판하기 위해 쓴 풍자소설이라고 할 수 있어요. 이 소설에서 궁극적으로 이야기하고자 하는 것은 일제 강점기가 우리 민족에게 너무 살기 어려운 시대였다는 거예요. 즉, 전혀 태평천하가 아니었다는 뜻을 강조하기 위해 제목을 일부러 이렇게 붙였다고 할 수 있지요.

이처럼 반어법을 활용하면 자신이 하고자 하는 이야기를 좀더 강조할 수 있어요. 사람들이 제목의 의미를 다시 한번 생각하게 하는 거지요.

소설의 제목에 사용된 반어법

- **〈꺼삐딴 리〉** : '캡틴'이라는 의미로 '어느 단체의 우두머리'라는 뜻. 그러나 전혀 우두머리나 지도자답지 않은 이인국 박사를 조롱하는 표현
- **〈화수분〉** : 화수분은 '계속 보물이 나오는 보물단지'라는 뜻. 그러나 등장인물은 아주 가난하게 살며, 가난으로 목숨까지 잃게 됨
- **〈태평천하〉** : 친일 지주와 금융 자본가를 풍자하기 위해 반어법으로 일제 치하를 '태평천하'라고 표현함. 실제로는 전혀 태평천하가 아님을 강조하는 표현

반어와 풍자

풍자소설 읽는 방법

조선 시대는 계층 간의 격차가 크고 철저한 신분 사회였어요. 평민들이 양반을 대놓고 비판하다가는 곤장을 맞거나 심지어 목숨이 위태로울 수도 있었어요. 또한 양반들이 부정부패도 심하게 하고 뇌물도 받고, 평민들을 못살게 하는 경우가 너무 많았어요. 이런 양반들을 비판하기 위해 나온 소설이 바로 박지원이 쓴 〈양반전〉이랍니다.

하지만 대놓고 양반을 비판할 수는 없었겠지요. 그래서 〈양반전〉의 작가는 풍자적인 표현을 활용해서 양반 사회를 비판하고자 했답니다. 〈양반전〉은 조선 후기 돈을 많이 번 평민 부자가 양반의 신분을 사고자 하는 데서 이야기가 시작됩니다.

조선 시대 정선에 한 양반이 있었는데 어질고 독서를 좋아했지만 아주 가난했어요. 그래서 관청에서 곡식을 꾸어다 먹고 갚지를 못했지요. 그런데 그 마을에 살던 한 부자가 그 빚을 갚아 주고 양반이라는 신분을 사게 되는 거예요. 그리고 군수가 그런 중요한 증서는 자신이 직접 써 주겠다고 나서게 됩니다. 하지만 첫 번째로 쓴 양반 매매 증서에는 양반이 해야 할 어려운 허례허식이 너무나 많이 담겨 있었어요.

반대로 말하면 약오르지?

날씨가 더워도 버선을 벗지 말며, 밥을 먹을 때에도 맨상투 꼴로 앉지 말아야 한다. 식사하면서 국물부터 먼저 마셔 버리지 말며, 마시더라도 훌쩍거리는 소리를 내지 말아야 한다. 젓가락을 내리면서 밥상을 찧어 소리 내지 말며, 생파를 씹지 말아야 한다.

여러분 생각에는 여름에 더워도 절대로 양말을 벗지 말고, 라면을 먹을 때는 국물부터 먼저 마시면 절대 안 된다는 것이 품위 있는 사람이 되기 위해 꼭 지켜야 할 중요한 것 같은가요? 부자가 보기에도 양반이 지켜야 할 일이 너무 쓸데없는 형식에만 치중한다는 것이 느껴졌겠죠?
부자는 당연히 그 내용을 마음에 들어 하지 않았어요. 그러자 군수는 이번에는 양반이 휘두를 수 있는 권력을 담은 2차 증서를 써줍니다.

방 안에서 기생이나 놀리고, 뜰 앞에 곡식을 쌓아 학을 기른다. (비록 그렇지 못해서) 궁한 선비로 시골에 살더라도, 마음대로 행동할 수 있다. 이웃집 소를 몰아다가 내 밭을 먼저 갈고, 동네 농민을 잡아내어 내 밭을 김매게 하더라도, 어느 놈이 감히 나를 괄시하랴. 네 놈의 코에 잿물을 따르고 상투를 범벅이며 수염을 뽑더라도 원망조차 못하리라.

비어와 풍자

〈양반전〉에 나타난 풍자

- 1, 2차 매매 증서를 통해 양반의 비생산성, 허례허식과 횡포에 대해 비판함
- 무능하고 부도덕한 양반들과 양반을 선망의 대상으로 삼고 신분 상승을 노리는 평민 계급을 함께 비판함

기생을 데리고 놀면서 남의 소만 빼앗고, 자기 마음대로 행동하는 것이 정말 정말 도둑 같지 않나요? 그러자 부자는 자신을 도둑놈으로 만들 거냐고 하며 자신은 양반이 되지 않겠다고 선언한답니다.

작가는 이 소설에서 겉치레에만 신경을 쓰고 백성들에게는 횡포를 일삼던 당시 양반들의 모습을 비판하고 풍자하며, 무능하고 부도덕한 양반의 모습과 신분 상승을 노리는 평민 계급의 모습도 함께 비판하고 있답니다.

보통 문학 작품에서 풍자라는 표현 방법을 쓰는 이유가 무엇일까요? 바로 상황이나 상대를 비판하고 공격함으로써 잘못을 바로잡고 상황을 개선하기 위해서예요. 또한 풍자는 해학과 달리 비판적 웃음으로 대상을 공격하며, 사회 현실이나

반대로 말하면 약오르지?

문제점을 개선하고자 해요. **해학**은 부정적 현실을 낙천적으로 바라보려는 포용적인 태도가 담겨 있지요. 또한 대상을 불쌍하게 여기는 마음이 있어 비판보다는 웃음 쪽에 초점이 잡혀 있답니다. 풍자의 효과는 직접적인 비판보다는 대상을 더욱 인상적으로 비판하고, 웃음을 유발해 독자가 즐거움을 느끼도록 하는 데 있어요.

그럼 풍자적인 표현을 사용한 소설은 어떻게 읽으면 좋을까요? 먼저 소설에서 풍자하고 있는 대상을 찾아 보세요. 〈양반전〉에서 주된 풍자 대상은 양반이겠지요? 다음으로 등장인물의 말 가운데 풍자적으로 표현한 부분을 찾아보세요. 〈양반전〉에서 부자가 군수에게 "나를 도둑놈으로 만들 작정이냐?"라고 말한 부분이 대표적이에요. 실제로 양반을 도둑놈이라고 표현한 것이겠지요?

대상을 과장하거나 왜곡하여 표현한 부분을 찾는 것도 한 방법이에요. 〈양반전〉에서는 신분을 매매한 후 자신을 과장되게 낮추는 양반의 모습이나, 두 번째 매매 증서에서 보이는 권력을 남용하는 양반의 모습 같은 거겠지요. 또한 대상을 우스꽝스럽게 표현한 부분을 찾을 수도 있어요. 빌린 곡식을 갚을 능력이 없어 밤낮으로 울기만 하는 양반의 모습을 보면, 어른이고 명색이 양반인 사람이 우는 것밖에는 다른 방법이

비어와 풍자

없나 싶어 한심한 생각이 들게 되지요.

마지막으로 작가가 대상에 대해 어떤 태도를 가지고 있는지를 찾는 것이 매우 중요해요. 그래서 〈양반전〉에서는 작가가 양반의 무능과 허례허식, 특권 남용과 횡포를 비판하는 부분이 아주 중요하답니다.

반대로 말하면 악오르지?

💟 풍자와 해학의 차이점

- 풍자는 비판적 웃음으로 대상을 공격하며, 사회 현실이나 문제점을 개선하고자 함
- 해학은 부정적 현실을 낙천적으로 바라보는 포용적인 태도를 취하며, 대상에 대한 연민이 있어 비판보다는 웃음 쪽에 초점이 잡혀 있음

💟 풍자소설 읽는 방법

- 소설에서 풍자하고 있는 대상을 찾아본다
- 등장인물의 말 가운데 풍자적으로 표현한 부분을 찾아본다
- 대상을 과장하거나 왜곡하여 표현한 부분을 찾아본다
- 대상을 우스꽝스럽게 표현한 부분을 찾아본다
- 작가가 대상을 향해 어떤 태도를 보이는지 찾아본다

다른 포스트

뉴스레터 구독신청

중학교 소설 나만 따라와
국어 교과서 총 9종, 한 권으로 특급 정리

초판 1쇄 2023년 7월 17일

지은이 신승미

펴낸이 김한청
기획편집 원경은 차언조 양희우 유자영 김병수 장주희
마케팅 박태준 현승원
디자인 이성아 박다애
운영 최원준 설채린

펴낸곳 도서출판 다른
출판등록 2004년 9월 2일 제2013-000194호
주소 서울시 마포구 양화로 64 서교제일빌딩 902호
전화 02-3143-6478 **팩스** 02-3143-6479 **이메일** khc15968@hanmail.net
블로그 blog.naver.com/darun_pub **인스타그램** @darunpublishers

ISBN 979-11-5633-546-7 43810

다른 생각이
다른 세상을 만듭니다

*****

*****